ちくま新書

新作らくごの

小佐田定雄
Osada Sadao

1533

新作らくごの舞台裏【目次】

幽霊の辻
――まくら

前著「上方らくごの舞台裏」を上梓した際、「あとがき」で
「『枝雀らくごの舞台裏』と『米朝らくごの舞台裏』の姉妹編であり、完結編である」

と書いた。ほんとうにそのつもりで書いたのであるが、ある読者の方から
「まだ、書き残していることがありますね」

とのご意見をちょうだいした。

「小佐田さん、ご本人のことを書いておられません」

そう言われると、これまでの三冊は私に影響を与えてくださった落語家さんのエピソードや芸談を集めたものだった。

「あなたが、どんなふうにして落語や狂言や文楽や歌舞伎の台本を書いているのか、自分のことを書いたらどうですか」

そんなこと、読みたいと思う人はおられるんだろうか？　私のこんな疑問に、その人は「今までの三冊は記憶を留めるための『想い出話』ですけど、台本を書いた経験談を書くことは、これから台本を書いてみたいという人の参考になるかもしれませんよ」と答えてくれた。

これまで「落語台本の書き方」のような内容の文章を書いたこともないし、講演などでお話ししたこともない。弟子のくまざわあかねにも、具体的な指導はした記憶がなく、くまざわが書いた台本を読んで感想を述べたり、反対に私の書いた台本を落語家さんに送る前に、誤字脱字確認の校正代わりに見せることが指導になっていたのではなかろうか。まだ上演されていない台本を読んだあと、実際に上演するとどんな反応が返って来るかを体験することになるのだから、最も効果的な指導法だったのかもしれない。

いずれにしても、落語の台本の書き方を知りたいなどという茶人は、そうたくさんは居るはずもなし……と思っていたら二〇一九年四月に東京の桂文治さんから

「うちの協会の若手に、新作落語の書き方についてしゃべっていただけませんか」

とのお招きをいただいた。数人のもの好きが集まる秘密倶楽部なのだろうと思って気楽に引き受けて当日うかがうと、国立演芸場のお稽古場に二十人を超す落語芸術協会の中堅、若手の皆さんが集まってくださった。中には、こちらが客席で拝見している顔も混じっていて、不思議な気分になった。大勢のしゃべりのプロが黙って話を聞いている状況は不気味なものなのだ。

それはさておき、私のつたない話でも興味を持っていただけることに少し自信を持って、この本を書かせていただくことにした。

これが「完結編」と言ったあとに本書を出すことになった事情であり、言い訳である。

これまでに作った新作落語と古典落語の復活と改作、そして狂言と落語を合体させた「落言」も入れさせていただいた。

数えてみたら、これまでに書かせていただいた落語は新作だけで二百六十席を超えている。復活・改作については全体を書きなおしたものもあれば、一部だけ手を入れたものもあり、その数は新作を上回るとは思うが、今となっては確認できない。

前の三冊は落語のタイトルの五十音順に書いていったが、今回は作った順番にすることにした。つまり、私の落語作家としての履歴書をお読みいただこうという趣向である。そうなると、第一番に書かねばならぬのは第一作の『幽霊の辻』である。しかし、この噺のできたいきさつについては「枝雀らくごの舞台裏」に書いてしまっているので、そちらでご覧いただきたい……と言ってしまっては愛想がない。書き落としていた裏話を申し上げることにしよう。

この噺の原形になったのは実は三代目桂春團治師の『皿屋敷』なのだ。姫路の若い男たちが幽霊が出るという皿屋敷へ向かって寂しい夜道を歩いているシーンを見たとき、この「怖さ」を増幅して、一席のちょっと怖い噺にできないかと思いついた。困った状況や恐怖感は、第三者のお客様から見ると「笑い」につながるわけだ。

当時の枝雀さんは前名の「小米」から襲名した直後で、「小米」時代の細やかな語り口を大きく変えて、派手で陽気な高座になっていた。そんな爆笑王の枝雀さんに陰気な怪談を演じてもらったら……といぅちょっと意地の悪い思いがあったことも確かである。

なんにもせよ、初めて書くのだから落語台本の書式など知るはずもない。当時、発売されていた「米朝上方落語選　正・続」（立風書房）や「上方落語　上・下」（筑摩書房）を読んで、速記のパターンを真似るしかない。お手本にした本に掲載されているのは高座を記録するための速記なので、やたらとト書きが細かい。こちらはそんな事情に気がついていないので、初期の台本はやたらとト書きが細かかった。

例えば主人公が茶店の婆さんから提灯を借りて歩き出すシーン。

男「そうか。えらいすまんけど、提灯借りていくで。（ボーンと鐘の音。あと、下座にて『すごき合方』弾き流し。鳴物は風音を薄くかすめる。手に提灯を持ち、日の暮れた思い入れで）真っ暗になってしもうた。あのお婆ん、じきに着くようなこと言うとったのに、えらい遠いで。ははあん。ようよう池か……。（寒いという思い入れ）なんや背筋がゾーゾーするで。これが池か……。聞かなんだらよかった……。（急に足を止め、闇をすかし見て）お地蔵さんか……。この首が……。聞かんといたらよかった。（しばらく無言でこわごわ歩く。と、風音、急に強く入れる）うわっ！（と驚いて身を伏せる。しばらくして、おそるおそる頭をあげ）……ああ、鳥か……。首が飛びはったんかと思た」

などと克明に書いていたものだから、何作目かの台本を読んだ枝雀師がたまりかねて

「丁寧に書いてくれはるのはありがたいんですけど、わたし、ウソでも十六年、はなし家やってまっさかいなあ。ここまで書いてもらわいでもよろしいで」

とやんわりと釘を刺されたことを記憶している。

枝雀さんにはほんとに多くのことを教えていただいた。

最初にお目にかかった時、いきなり

「あんさん、『サゲ』てどういうもんやと思いなはる？」と「サゲの四つの分類」を伝授してくださった。

落語のサゲには「ドンデン」、「謎解き」、「変（はずれ）」、「合わせ」の四つの種類がある。

「ドンデン」というのはいわゆる「ドンデン返し」のこと。右と思っていたら左だったとか、今まで隠されていた状況がいきなり現れてサゲになるもの。この『幽霊の辻』も人間だと思ってしゃべっていた娘が幽霊だったというドンデン返しだ。

「謎解き」とは、サゲの前に「なんでそうなるの？」という謎が発生し、その謎が解かれたことによって「なーんだ。そんなことか」というサゲ。

「変（はずれ）」とは、はじめは常識的な話なのに次第にエスカレートしていき、最後に常識の枠をはみ出してしまって、聞き手から「そんなアホな！　それを言っちゃあおしまいよ」と突っ込まれる状況になるもの。

「合わせ」は日常では起こるはずがないことを人為的に合わせて、聞き手に「うわあ、うまいこと合わせよったなあ」と思わせるサゲ。

　この「四つのサゲ」理論は、落語を書いていて、いよいよ終わらせようとして結末が決まらないときにお世話になった。とりあえず、この四つのパターンのサゲを考えてみて、一番落ち着きのいいものをセレクトすればいいわけだ。

　この『幽霊の辻』は、私の作品の中では最も多くの落語家さんに演じていただいている噺で、上方だけでなく東京でも複数の落語家さんが演じてくれている。

　柳家権太楼さんは枝雀さんがお元気な時から手がけてくださっている。サゲの部分を大きく変えた独自の型で演じておられ、その型は現・文治さんにも伝えられている。

　伝わっていくにつれてネタの型が変わっていくということは、ライブが命の芸能の場合、やむを得ぬことだと考えている。これが絵画だったら、完成した絵に加筆することなどは考えられないことだが、台本という生きた演者さんの手によって表現される作品は、変わっていくのが当然なのだ。ただ、作者としては原作よりもおもしろく変えて……と願うのみである。

第１章

二足の草鞋時代

扉写真
1984年3月28日　歌舞伎座
「枝雀独演会」の楽屋でのツーショット
撮影：宮崎金次郎

速記……茶漬えんま（コア企画出版）
らくごDE枝雀（ちくま文庫）
上方落語桂枝雀爆笑コレクション⑤（ちくま文庫）
CD……枝雀落語大全⑭（東芝EMI）
桂枝雀落語選集（EMIミュージック・ジャパン）
DVD…枝雀落語大全㉘（東芝EMI）

雨乞い源兵衛
――ひねくれた発想

大坂近郊の村でのお話。ある年の夏、村は旱《ひでり》で困っていた。庄屋は村外れに住む源兵衛を訪れる。先祖が昔、雨乞いを成功させた実績があるので、子孫の源兵衛に頼みに来たのだという。「雨乞いの方法など知らない」と源兵衛は断るのだが庄屋は聞く耳を持たない。なす術もなしに源兵衛が寝てしまうと、偶然にもその夜中に雨が降り始める。村人たちは大喜びするが、この雨が降りやまなくなる。雨乞いを頼んだ庄屋は源兵衛に、今度は降りやませるよう頼みに来て「雨を降りやませたら、うちの一人娘のお花を嫁にやる」と条件をつける。ところが、このお花というのがたいへんな個性的容貌で、お花との縁談がおこると相手の男が村から夜逃げをするというシロモノ。源兵衛がどうしようか途方に暮れていると、再び偶然にもその夜中に雨が上がってしまう。翌朝、庄屋が娘を連れて源兵衛の家を訪れるともぬけの殻。お花が「わしの婿さんは?」」とたずねると庄屋は「天気を自由に操れるような男は人間やない。龍神さまのお使いにちがいない。縁がなかったんだ」となぐさめる。お花が「わしが振られたのにちがいはない」と答えると、庄屋「ふられるのも無理はない。相手は雨乞いの名人じゃ」

○　○

あこがれの枝雀さんに新作台本を書かせていただくようになって、有頂天になった私は会社勤めのかたわら、隔月のペースで「枝雀の会」のために新作の台本を書かせていただくようになる。その新作発表の舞台だった「枝雀の会」は一九七七年二月から七八年四月まで大阪の北御堂の和室で続き、私はこの会で九席の新作を書かせていただいた。今思うと素人がわけもわからず書き散らした思いつきを、枝雀さんが「落語」の型にしていたわけで、当時の台本を読み返すとゾッとすることがある。それでも何席かは再演してもらっている。

例えば第四作目の『遺言』は七八年二月六日に初演され、四月には大阪厚生年金中ホールで開かれた新音主催の「枝雀独演会」で再演されている。「枝雀の会」終了後も十席目の『産湯狐』は七九年九月三十日に完成して、翌年一月五日に京都府立文化芸術会館で開かれた「枝雀独演会」で初演された。その前日の一月四日に完成したのがこの『雨乞い源兵衛』で、独演会の会場に持参して枝雀さんに直接お手渡しした記憶がある。

テレビの「まんが日本昔ばなし」を見ていると、雨乞いの話が何回か放送されていた。どの話も旱《ひでり》で困っていた村人たちが、雨乞いに成功して「めでたしめでたし」で終わる。もし、その雨が止まらなくなったらどうなるのか……という発想で作ったのがこの作品である。ハッピーエンドを素直に喜ばないひねくれた発想ができないと落語は書けない。

制作当時のメモを見ると『雨乞い藤兵衛』と書いてある。ということは、主人公の名前は最初「藤兵衛」であったようだ。「源兵衛」に変えたのは、口に出して言ってみると「とうべえ」は収まった感じがする。「げんべえ」と濁ったほうが陽気でいい……と判断したからだ。この「音」の感じというのが、落語という話芸にとっては大切なものなのだ。

最初に思いついたストーリーも現行の『源兵衛』とはだいぶと違っている。

村が旱で困っているので、村人代表の藤兵衛が雨乞いを頼みに隣村のお宮さんまで出かけて行く。その途中、山の中で道に迷ってしまい、野宿をしようと辻堂に入ると、そこで先に休んでいたのが神様。藤兵衛は神様に「人間を助けるために雨を降らせてくれ」と直談判する。藤兵衛の熱意に押し切られた神様は雨を降らせる約束をする。藤兵衛が村に戻ると、やがて雨が降りはじめる。はじめの内は喜んでいた村人たちだが、雨がいっこうに降りやまず、ついには豪雨となって洪水となり山崩れが起こる。藤兵衛も洪水に巻き込まれてしまい、気を失ってしまう。息を吹き返すと目の前に神様が。藤兵衛が「うちの村はどうなりましたか?」とたずねると、神様は「おまえの村どころか、日本全国、いや世界中の陸は水の底じゃ」。藤兵衛が

「だれがそこまでやってくれちぃましたんや。ええかげんなとこで降りやましてもらわな……」と苦情を言うと、神様は「それやったらそうと、もっと早う言うてえな。……で、おまえ、どうする？　もう帰るとこないんやったら、いっそのことわしと同じ神さんになるか？」と気軽に言うので、藤兵衛「そんなええかげんなことで神様になれますのか？」とたずねると、神様「実は、わしもおまえと同じようにして神様になったんや」。

ベストセラーになった小松左京先生の『日本沈没』の影響をまるまる受けた人類滅亡の作品である。ところが、いざ台本にしようと思った段階で行き詰ってしまった。落語は言葉だけで伝えて聞き手の頭の中に世界を描いていただくという芸能なので、あまりにスケールを大きくしてしまってストーリーが飛躍しすぎると聞き手を置き去りにしてしまいかねない。そこで、いろいろと考えた挙句、現行の『源兵衛』のストーリーに落ち着いた。

噺は二人のお百姓さんの

「太郎作」

「なんじゃ、次郎作」

という会話から始まる。この部分は枝雀さん自作の新作『戻り井戸』と冒頭と同じである。私が落語を書き始めるそもそものきっかけになったのが『戻り井戸』なので、オマージュとして同じ台詞で始めたわけである。

登場人物の中でお百姓コンビと庄屋父娘は落語国の田舎弁でしゃべっているが、ただひとり主人公の源兵衛だけは普通の大阪弁にしている。理屈から言うとおかしなように感じられるかもしれないが、田舎弁の訛りというのはある意味「ストレス」であり、全員が田舎言葉だと聞き手が疲れてしまう。『夏の医者』のように全員が田舎弁という噺も存在はするが、あれは短編だからいいのだと思う。ダレ性の枝雀さんは、田舎弁にメロディを付けて、まるでミュージカルのように演じていたことをおぼえている。

また、源兵衛を際立たせるためにも、ほかの村人とはちがう大阪弁をしゃべらせたほうがいいだろうと思ったわけである。

雨が降りやまなくなった……というところまでは書けても、このあとの展開をどうするかである。雨は降りやまさねばなるまい。しかし、ただただ雨がやみました……ではヒネリが足りない。もうひとつ、源兵衛さんに「困り」の要素を与えることはできないのか……と悩んでいる時に天から降ってきてくれたアイデアが庄屋の娘のお花ちゃんの存在である。雨がやまなかったら池にほうりこまれるが、雨がやんでもお花と結婚しなくてはならない。このカセができたことで、この噺は落語として完成した。

大雨がカラリと上がった朝、空に虹をかけてみた。お百姓さんが虹を見上げてしゃべりはじめる。

「見てみよれ。きれいな虹がかかっとるぞ」

「ほんになあ。立派な虹じゃのォ。尾頭《おかしらつ》付きの虹じゃ」

「なんじゃ、その『尾頭付きの虹』ちゅうのは？」

「ようあるがな。空にちょっとだけかかりよる虹が。あれは『切り身』の虹じゃ。今日の虹は地べたから地べたまで、こう、ずーっとかかっとるで『尾頭付き』の虹じゃ」

「なるほど。『尾頭付き』はええのォ」

このくだりをお聞きになった米朝師がひとこと
『尾頭付きの虹』ちゅうのはええ見立てやな」と誉めてくださった。

落語の台本というと、笑わせるくだりに力を入れて書いてしまいがちだが、こういうなにげないフレーズが大事なのだ。笑いは緊張の緩和によっておこる……とは枝雀理論の基本原則である。まず人工的に緊張状態を作っておいてから、それを緩和することで「笑い」が起こる。その緊張状態を発生させるための「もっともらしさ」の役割をこの噺では「虹」が果たしているわけだ。

雨が上がったら源兵衛はどうするか？　当然のように行方をくらましてしまい、サゲになる。サゲは『尼恋』という小咄を応用したもので、「雨乞い」だから「降(振)られる」という言葉を合わせたサゲのほうが落ち着くと思ってこの型にした。

もうひとつだけ、この噺には工夫がある。お花の容貌について説明するくだり。上方落語の『持参金』や『仔猫』には、ユニークな容貌の女性が登場する。それを細かく描写するという手もあるのだが、あまり趣味もよくないし楽しい表現でもない。そこで思いついたのが、唄。

〽お花嫁にもらうほどならばよー、なんぼ夜逃げがマシであろォ……という盆踊り唄になっていることにした。

そして、もうひとつ、庄屋がもぬけの殻になった源兵衛の家を覗き込んで

「ははーん。またいつもの型じゃな……」とぼやいていると、いきなりお花が「とっさまあ」と顔を出す。それに対して庄屋が

「ああ、びっくりした！　にわかに顔出すな！　顔出すときは『出します』と言うてから顔出さにゃあいけんぞ」と答える。具体的な容貌を描写することなく、聞き手の想像に任せてしまえる落語ならではの表現だと思う。「顔出すときは『出します』と言うてから……」以下のフレーズは枝雀さんが付け加えてくれた秀逸なギャグだ。

この噺は『幽霊の辻』から数えて十一席目。一九八〇年二月十四日に茨木市の唯教寺で開かれた「雀の会」という枝雀一門の勉強会で初演されている。そして、同年五月には京都音協の「枝雀独演会」で再演され、三演目にはなんと同年七月二十四日に大阪の厚生年金中ホールで収録された第一〇九回「NHK上方落語の会」で上演され、翌月はラジオの「枝雀五夜」にて

放送されている。その時の録音はＣＤボックス「枝雀落語選集」に収められているので今でもお聴きいただける。翌年になると朝日放送の「枝雀寄席」で演じられたのをはじめとして、各地の独演会でも上演してもらえるようになった。

これだけの反応をいただいても、小心者の私は会社を辞めて仕事を作家一本にしぼろうとは思っていなかった。プロの作家などになれるとは思っていなかったからである。なにもないところから物語をこしらえあげるてなことは、いつまで続けられるか自信はない。プロになったとたんに、アイデアが干上がって、なにも書けなくなったらどないしょう……と思い、とてもプロになる勇気は持てなかった。

私が専業の作家になると決心したのは、「なんのあてもない」仕事を引き受けても、なんとか締め切りまでには台本を仕上げてしまう度胸と根拠のない自信がついた時だった。その関門を潜り抜けたとき、プロの物書きの仲間入りができたのだと思う。

この噺、枝雀門下の孔雀さん、息子のりょうばさん、吉朝門下のしん吉さん、福團治門下の福丸さんが演じていてくれるほか、最近では東京の文治さんも手がけてくれている。

速記……茶漬えんま（コア企画出版）
上方落語桂枝雀爆笑コレクション④（ちくま文庫）
CD……枝雀落語らいぶ②（東芝EMI）
枝雀落語大全㉞（東芝EMI）
枝雀十八番　特典CD（EMIミュージック・ジャパン）
DVD…枝雀落語大全⑧（東芝EMI）

貧乏神

――噺はどこから始めよう？

大工の辰《たつ》は根っからの怠けもので、女房の手内職の収入に頼りきって暮らしていた。その結果、何人もの女房に逃げられてしまう。二十五銭という中途半端な金額を周りの人たちから借金してその日をしのいでいたが、ある日、家主に「家賃を入れてもらわないと出て行ってもらう」と最後通告を突きつけられてしまう。と言って算段することもできず、酒を飲んで寝ていると枕元に人の気配。話しかけてみるとこの家にとりついた貧乏神だという。早速、借金を申し入れるが、逆にあきれた貧乏神に「真面目に働け」と説教をくらう。貧乏神から金を借りて道具箱を質屋から請け出し三日ほどは仕事に出たものの、じきに怠け癖が出てしまって元の木阿弥。このままでは家を追い出されてしまうので、見かねた貧乏神が長屋の洗濯物を引き受け、その手間賃で家賃を払っている。ある日、友達の由《よし》から相談があると持ちかけられた辰は、貧乏神の財布から銭をくすねると由と飲みに出かけてしまう。洗濯が終わって帰宅した貧乏神は、自分の財布から銭が盗られていることを知って、「このままではこいつのためにならん」と出て行く決心をする。酒に酔って帰宅した辰に貧乏神が別れ話を持ち出すと、辰は思いがけず「いままでおおきに」と感謝の言葉をかける。後ろ髪を引かれながら出て行こうとする貧乏神に「次の行く先を世話させてくれ。由のとこへ行ってやってくれ」と声をかける。貧乏神が「わしらに来てほしいやつなんか居てへんやろ?」と言うと、辰「心配しな。由もわしと同じような気性の人間で、あいつも嫁はんに逃げられよったんや」

○　○

一九八〇年五月十八日に完成。その七か月後の十二月二十二日。大阪の厚生年金中ホールという千人収容の大ホールで開かれた音協主催の独演会で初演されている。いきなり大きな場所でお客様にぶっつけたわけで、今思うと「なんと大胆な」と思う反面、枝雀さんにも「この噺はいける」という勝算があったに違いない……などとうぬぼれている。

「落語を作る時、どの部分から書き始めるのですか?」という質問をよくちょうだいする。まずはサゲになる小咄があって前を付けるというケース。私の作品でいうと『幽霊の辻』のサゲの部分はアメリカの小咄である。サゲが決まっている場合は、作るのは楽でよさそうに思えるのだが、早くサゲにたどりつきたいという思いが大きくて、ついつい途中の部分が雑というかおろそかになりがちだ。

一番多いのは、おもしろいワンシーンが浮かび、その状況になるための導入部と、その状況のあとの結末をくっつけるパターンである。そして、最後に「サゲをどうしようか」と悩みに悩んで完成という段取りが多い。

この噺で言うなら、枕元に座っている貧乏神を見て

「おまえ、誰や？」

「わしは貧乏神や」

「貧乏神て……あの」

「貧乏神に『あの』も『この』もあるか」

「貧乏神か……。二十五銭貸してくれへんか」

と貧乏神に借金を申し込む男の姿が浮かんだのが出発点だった。

まずは貧乏神に金を借りるような男はどんな男なのかを想像した。ずぼらではあるが、どこか憎めないキャラの持ち主。ただのお人よしではなくて、借金のコツも知っている。家主に「どないして暮らしてんねん？」と質問されると

「二十五銭ずつ借りまんねん」

「二十五銭とははんぱな銭やなあ」

「そこですがな。これが一円とか二円とかいうまとまったお金やったら、むこうも貸す時に考えよりますがな。また、そのくらいの金になると『すまん。今、持ち合わせがないねん』てな断りが言えますがな。二十五銭やったら、大の大人が『ごめん。持ってないねん』てなこと言いにくいし、『まあ、二十五銭くらいやったらええか』てな気にもなりますやろ。貸してもろたらこっちのもんですがな。一円や二円やったら『おい、こないだ貸した金、どないなってんねん』と催促もしやすいですけどね、大の大人が『おい、こないだの二十五銭……』てなこと恥ずかしいて言えまへんで。催促がなかったら返さいでもよろしいわな。また、二十五銭ちゅうても五銭や十銭やないねんさかい、ちょっとしたお菜ぐらい買えまんがな。で、銭がのうなったら誰ぞに『二十五銭貸しとくなはれ』ちゅうてしのいでまんねん」

……こんなやつ居てそうな気がする。ただ、これだけでは「いやなやつ」になりかねないので、続けて辰にこう言わせた
「ところで家主さん。二十五銭貸してもらえまへんか」

このぬけぬけとした部分で救われるのではないかと思っている。そして家主にも「おまえのそういうとこが……好きや」と言わせて、優しい世界を創り上げた。

さて、貧乏神から借りたあとはどうするだろうかと考えた。心を入れ替えて働く……ような

やつでは絶対ない。じきに働くのをやめて家でゴロゴロするにちがいない。そうなると、この男を助けるのは貧乏神しかいない状態になる。ここで、貧乏神を世話女房の位置に座らせることにした。貧乏神が洗濯の内職を始めるという発想はここで湧いた。これが人間の女性だったら悲劇になるところを貧乏神という人間に害を与えるべき立場の神様がその立場に置かれることで「笑い」につながる。これは枝雀さんの分析によると「スライド」という手法で、女房相手だと「よくあるかわいそうな話」が、貧乏神相手だと「おもしろい」ということになるわけだ。

そのあたりの二人……正確には一人と一柱《ひとはしら》の関係の機微を感じとって、秀良子《ひでよしこ》さんがボーイズラブの漫画にしてくれたこともあった。『金魚すくい』という短編で、とても美形の辰っつぁん(漫画では余平)とビンちゃんが登場する作品である。

話を落語に戻す。貧乏神が内職の洗濯をすませて洗濯物をしぼりあげて、盥を小脇にかかえて腰を伸ばし、ふと空を見上げて

「ああ、きれいな夕焼けやなあ」と思わず言ったあと

「洗濯物がよぉ乾くわ」とポツリと言うくだりは、詩情から現実への落差という緊張の緩和で喜んでいただけるシーンとなった。

貧乏神が洗濯をする前に爪楊枝削りをやってみたというエピソードがある。

「先をとがらすのに両端ともとがらしてしまいよってな……『貧乏削り』にしてしまいよって、えらい怒られよってなぁ」

我々の子供のころ、鉛筆を両端とも削るとなぜか「貧乏削り」と言われたものだった。関西では大ウケ間違いないギャグなのだが、地方に行くと反応がない。どうやら「貧乏削り」というフレーズは近畿圏限定の言葉であるらしいことを知ったのも、この噺のおかげであった。ここはダメ押しの言葉遊びのギャグ。言葉遊びのギャグは単品では弱いが、状況のギャグの補佐として使うと笑いを増幅させる効果がある。

洗濯を終えて自宅に帰って来た貧乏神が見たのは中身の減ったずた袋。辰は貧乏神の財布から銭を持って行ったのである。この事実を知った貧乏神はつぶやく。

「あかん……。別れよ」

これも夫婦の話だったら決して笑えない悲劇のはずだが、貧乏神というキャラクターのおかげで笑える仕掛けだ。

そして、別れの場面になる。別れを告げられた辰は酒に酔っている。

「いや、無理ない。わしもいつまでもおまえに甘えてってはいかん……とは思いながら、ついつい甘えてしもうたんや。けどねえ、わしも今まで、嫁はん何人か当たってみたけど、あんたぐらい相性のええのんはなかったよ。短い間やったけど、えらい世話になったなあ」

言われた貧乏神も、優しい言葉には弱い。

「いや、なんのかんのと言うても、わしら貧乏神はどこへ行っても嫌われ者や。そのわしらを、別に嫌いもせんと付き合うてくれたんはおまえが初めてや……。嬉しかったで……。おまえもこれからは心を入れ替えて、真面目に働いて……てな野暮なこと言わへんで。できるだけぎょうさんの人から二十五銭ずつ借りて、なんとか機嫌良うやってくれ」

枝雀さんの「情は薄いほうが上等である」という理論を応用した「情」のある台詞である。「情」が濃くなりすぎると重くなるので、貧乏神ならではの
「病気だけはすなよ。わしから疫病神のほうには頼んどいたるけどなあ……あっちにもノルマがあるらしいからなあ」

という台詞で緩和させるようにしている。そして、出ようとする貧乏神に辰が声を掛けてサゲになる。原作では「あいつも嫁はんに逃げられよったんや」で終わっていて、「枝雀落語大全」㉞に収められている八五年の高座もこの型だが、何度か演じているうちに「あいつも嫁はんに逃げられてな、洗濯物がぎょうさんたまったあんねん」と枝雀さんが付け加えてくれた。「嫁はんに逃げられた」だけの合わせでは弱いので、「洗濯物」をプラスしてより確かなサゲにしたわけで、九二年に録音された「枝雀落語らいぶ」の音源ではその型になっている。作者が文章としては「これで充分サゲとして通じる」と安心していても、実際に演じる演者はお客様に

伝わっていないように思えて「これでは高座を降りにくいので、もっとはっきりした台詞がほしい」と思ったわけだ。

お弟子さんのむ雀さんが得意にしておられたが、ただ今ちょっと休憩中。現在は枝雀さんの孫弟子の南天さんや息子のりょうばさんが受け継いでくれており、他の若手も手がけてくれている。

この噺、米朝師もお好きなようで、枝雀さんとの二人会や一門会でネタを前もって出すときは、よく指定されていたと枝雀さんからうかがった。

また、この噺が収められている「枝雀落語大全」㉞のライナーノーツでは、ミュージシャンのさだまさしさんも
「僕は枝雀師の『貧乏神』が好きです。この話は『化物つかい』と同種の〈別世界の物を人間が手下にしてしまう型〉のいわばSFオカルト噺ですが、枝雀師の『貧乏神』の愛らしさと切なさと可笑しさは絶品です」と書いてくださっている。末端の「さだ信者」である私にとってはとてもとても名誉なことである。

主人公の貧乏神……通称「ビンちゃん」は落語の外の世界でも人気者である。一九九〇年四月二十八日に東京の歌舞伎座の「桂枝雀独演会」で枝雀さんがこの噺を演じた時のこと。ついて行っていた私が楽屋の廊下でぼんやり佇んでいると、突然、枝雀さんの楽屋からお呼びがか

かった。何事や知らんと思って駆けつけてみると、楽屋には脚本家の早坂暁先生がおられて枝雀師とお話ししておられた。その時の様子を早坂先生が『びいどろで候』〈2〉（日本放送出版協会）の解説対談でこう述べておられる。

「桂枝雀さんの貧乏神の落語がおもしろかったから、『あれ使いたいけど、あの演目、昔からあったんですか』って聞いたら、そばにいる四十過ぎぐらいの人をさして、彼が書いたんですよっていう。」

……この「四十過ぎぐらいの人」というのが当時まだ三十八歳だった私である。そのころから老けて見えていたのだなあ。その年の六月六日にNHKで放送された『びいどろで候』の「ようこそ貧乏神」にビンちゃんが登場するはこびとなった。貧乏神を演じてくださったのはフランキー堺さん。日下武史さん扮する滝沢馬琴にとりついたところ、あまりの貧乏さにあきれ果てて世話をしはじめるというストーリーだった。洗濯物を洗うシーンもあったし、フランキーさんがタンゴ調の貧乏神のテーマソングを踊りながら歌うという場面もあった。

その時のご縁で九四年四月に大阪の一心寺シアターで上演された早坂先生作で枝雀さん主演の落語芝居『変身』のお手伝いをさせていただくことになった。

さらにその翌年の九五年十月に京都・南座で枝雀さんと女優の藤山直美さんが共演するお芝居『おのぶの嫁入り』があり、どういうめぐりあわせか私が脚本を担当させていただくことになった。直美さん扮する狐の娘・おのぶと枝雀さん演じる貧乏神との友情を描いた内容で、古典落語の『天神山』と『貧乏神』の内容をないまぜにした内容だった。他に上杉祥三さんや蜷川有紀さん、小島秀哉さんなどが出ておられ、新派の中川寿夫先生の補綴と演出のおかげで好評をいただいた。枝雀さんの貧乏神は「ちょっと福々しすぎる」という意見もあったけれど、ペーソスのある結構なものであった。

その次は二〇〇四年の暮に、なんと宝塚歌劇団から電話がかかってきた。

「来年一月にバウホールで落語をもとにした『くらわんか』というミュージカルを上演するのですが、その中に貧乏神のビンちゃんという役が登場します。すっかり古典落語の登場人物だと信じこんでいたのですが、最近になって『貧乏神』が小佐田さんの新作であることが判明いたしました。台本も完成していることですので、なにとぞ許可をいただきたい」

とのこと。私が大物だったら

「そういうことは困りますなあ。許可するかどうかは熟慮させていただいて後日お答えいたします」なんておさまって値打ちを付けるのだが、そこは軽い落語作家のことだから

「どーぞ、どーぞ。お気軽になんぼでもお使いください」なんて二つ返事でOKした。そのおかげで、バウホールにご招待をいただいて、終演後には舞台裏に案内していただいて主役を勤めた蘭寿とむさんと面会することもできた。

「がんばってネ」なんて声をかけたのだが、あちらは「がんばる」どころかあっと言う間にトップの座に駆けあがって行った。がんばらなあかんのは、こっちのほうなのに……。

舞台にはビンちゃんも登場。貧乏神とはいえ、さすがは宝塚で、とても華やかな衣装で存在感をアピールしていた。

それからさらに十余年経った二〇一八年、宝塚で『地獄八景亡者戯《じごくばっけいもうじゃのたわむれ》』、『朝友《あさとも》』、『死ぬなら今』など死後の世界を舞台にした落語をミュージカル化した『ANOTHER WORLD』という作品が上演されることになった。そのお稽古場にお招きをいただいて見学させていただいていると、一人のタカラジェンヌさんが私のもとに走って来て
「先生。お久しぶりです。貧乏神ですっ！」と挨拶してくれた。いきなり美女に声をかけられただけでも仰天なのに、その美女が「貧乏神」と名乗ったのには二度びっくりした。そのジェンヌさんが華形ひかるさん。〇五年の『くらわんか』でも貧乏神を演じてくれていて、この『ANOTHER WORLD』でも貧乏神役で出演しておられ、お芝居の中でもかなり重要な役であったことは「ビンちゃん」の生みの親として嬉しいことだった。

落語からひょっこり生まれた「貧乏神」というキャラクターが宝塚大劇場の舞台を走り回っている姿をながめて、不思議な思いをした。このキャラクター、私にとってはとてつもない福の神なのである。

茶漬えんま

――緊張の緩和とは？

速記……茶漬えんま（コア企画出版）
上方落語桂枝雀爆笑コレクション⑤（ちくま文庫）
CD……枝雀落語らいぶ②（東芝EMI）
枝雀落語大全㉔（東芝EMI）
DVD…枝雀落語大全⑱（東芝EMI）

留さんが冥途にやって来ると閻魔大王が自宅で出勤前に茶漬を食べている。閻魔さんは昨夜、キリストの宴会で安い肉を食べ、その帰りに釈迦の家でカレーを食べたところ、胸やけして困るのであっさりと茶漬にしたのだという。閻魔の庁に出勤するのに付いて行き、お裁きを受けようとすると「地獄でも極楽でもどちらへでも自己申告で行ける」とのこと。「そんなことをしたら全員、極楽へ行くだろう」と質問すると、閻魔は「極楽は思うてるほどおもろい場所やない。第一、刺激がなさすぎて凡人は耐えることができん」と教えてくれる。留は迷った挙句、結局は地獄に行く勇気がなく極楽に行くことにする。

極楽に来てみると、閻魔の言ったとおり平穏すぎて退屈な場所である。蓮池のほとりにやって来ると釈迦が釣りをしている。聞いてみると、蓮池の底は地獄の血の池につながっていて、蜘蛛の糸で血の池から亡者を釣り上げているのだという。血の池の様子を覗いてみると、屋形船が浮かんでいて船の上で大宴会をしていて、亡者たちは楽しそうに遊んでいる様子。留さんは浮かれて踊ったところ足をすべらして血の池の中にドボン。あわてた釈迦はちょうど通りかかったキリストに頼んでオリブ山から天上した時に使った縄梯子を借りて、留さんを救おうと血の池に下りて行く。ところが、梯子の縄が腐っていたため切れてしまい、釈迦とキリストは血の池に落ちてしまう。極楽に帰ろうと釈迦とキリストは蜘蛛の糸を上りはじめるが、そのあとを留さんや他の亡者たちがついて上がって来る。驚いた釈迦が「あかんあかん。わしとキリストさんは罪がないさかいに糸は切れへんけど、他の亡者は罪があるさかい、その重みで糸が切れる。キリストさん、留さんを蹴落としとくなはれ」と言ってしまう。その言葉の罪で糸がプツリと切れて釈迦もキリストも再び血の池へ墜落。上を見上げながら「ああ、神も仏もないものか」。

○　○

枝雀さんの理論に「緊張の緩和の法則」というのがある。「笑い」というものは「オヤ？なんだろう？」という緊張のあとに「ナーンダ」という緩和が訪れたときにおこるものだ……という理論である。その「緊張」のシンボルである閻魔大王に「緩和」の代表である食べ物の茶漬を食べさせる……というのが『茶漬えんま』のそもそもの発想なのである。

七七年八月四日に大阪の南御堂で開かれた「枝雀の会」で枝雀さんが自作自演したのが第一

期の『茶漬えんま』。枝雀さんの創った噺は、主人公が温厚な閻魔大王と出会って、その閻魔がなぜか茶漬を食べているという設定は同じだが、閻魔が「あの世には地獄も極楽もなくて、ものごとに『念』を残すのが地獄なのだ。そして、茶漬こそが『念』を残さない食べ物なのだ」と教えてくれる。実はこの閻魔との対話は夢の中の出来事で、その話を聞いた人が豪華な漬物と茶漬を出してくれるが、主人公は茶漬を食べるふりをするだけで実際には食べようとしない。理由をたずねると「念を残さんように、食べるまねだけしてまんねん」……という枝雀さん好みのちょっと不思議な、なにやら法談めいた噺だった。

その二年後の独演会で再演されるにあたって、枝雀さんの原作に私が少し手を加えさせていただいた。七九年四月二十日に脱稿したと台本の表紙に記してある。主人公はやたらと白日夢を見るというくせのある男で、叔父に相談に行くと、医者に行くことを勧め「せっかく来たんやさかい、茶漬でも食うて行け」と言って奥に入ってしまう。茶漬の出てくるのを待っていたが、いつまでたっても出て来ないのでしびれを切らして帰宅することにする。その途中で「閻魔大王」という表札のかかっている家を見つけて訪問してみると、おっさん二人が茶漬を食べている。そのひとりが閻魔大王であり、もうひとりは釈迦だという。釈迦が帰ったあと、主人公は閻魔から「念を残すのが地獄で、茶漬こそが念を残さない食べ物だ」という話を聞き、茶漬を勧められるが断ったところで目を覚ます。そこで、叔父さんに茶漬を所望するが「冷やごはんがないので鰻丼をとったので食べて行け」とのこと。主人公は鰻を断って「わたい、これからもうひと眠りさせてもらいまっさ」と言う。おじさんが理由をたずねると「夢の続きを見て、閻魔の茶漬、よばれて来まんねん」。

その後、八一年二月ごろからぼちぼちと手直しをはじめて、その年の十二月にほぼ現行の型にたどりついて、八二年二月七日に京都の府立文化芸術会館で開かれた独演会で三度目に演じられた。その時には、私がストーリー自体もかなり書き直させていただいたので、三演目以降は「小佐田定雄・作」ということにさせていただいている。それでも、基礎には枝雀さんのセンスがどっしりと座っている作品なのだ。

「わしが閻魔じゃ。いま、茶漬けを食べてますのじゃ」という衝撃的な台詞で幕があくのは、枝雀さんが編みだした「ほたらなにかい」の一言で噺の世界の真っ只中にいきなり飛び込んで行くというテクニックを応用させてもらっている。

枝雀さんは「落語は夢である」ということを常々言っておられた。ふわふわして、夢なのか現なのかわからない世界を描けるのが落語の武器である……とも言っておられた。その実証が、枝雀さん作の『いたりきたり』だ。今でも南光さん、南天さん、吉の丞さんが手がけ、東京でも三遊亭円楽さんが高座にかけておられるのでお聞きいただきたい。

この『茶漬えんま』はあの世が舞台になっている、いわば『地獄八景亡者戯』の極楽版と言っていいかもしれない。『地獄八景』を聞いた時、「地獄て案外楽しそうやん」と思うと同時に、「われわれ凡人にとって、極楽はほんとに楽しいのかな?」と思ったのが、私のそもそもの発想の元なのである。

お釈迦さんがカレーを作ったり、キリストさんが酒に酔ってアバラの傷を見せびらかしながら踊る……などという罰当たりなシーンもある、普通の人間ならやっても当たり前の行動を聖人がやったらどうなるか……という世界のスライドを楽しんでいただく噺である。

実に他愛のない噺なのであるが、こういうちょっと宗教的な香りのある作品をお聞きになると、つい深読みしてくださるお方もおられる。ある曹洞宗のお坊さんから

「この噺には現在の仏教界に対する批判が込められていると拝察し、感心しました」というお手紙が枝雀さんのもとに届いたことがある。喜んだ枝雀さんが、私に

「わたいは知りまへんで。あんさんが書いたんやさかい、あんさんが返事書いとくなはれや」

とその手紙を渡してくれたこともあった。そのあと、私は冷や汗を書きながら

「そんな深い意味は決してございません」と返信をしたためたことは言うまでもない。

お釈迦さまが釣りをしているというシーンは芥川龍之介の「蜘蛛の糸」の趣向である。池の底が血の池地獄になっていて、そこに浮かべた屋形船で亡者たちが飲めや歌えの宴会を開いているのを見た主人公の留さんが

「楽しそうにやってまんなあ。うらやましいなあ」と言うと、釈迦が「あの連中はな、昨日よりは今日、今日よりは明日、明日よりは明後日と、より楽しいことを追い続けねばならぬ。あれこそまことの……無間地獄じゃ」と言うとボーンと鐘の音が入る。他愛のない噺と申し上げたがこの場面だけは空気がキュッと締まる一瞬だ。

蜘蛛の糸を留さんたちが昇って来るのを見てお釈迦さんがキリストに「蹴落とせ」と言うくだりで

「お釈迦さんらしくもないことをおっしゃいましたんで。自他の別をするというのが仏教の教えで一番いかんこってございます。仏の前にはお釈迦さんも何もございません。蜘蛛の糸がブチーッと切れまして元の血の池へドブーン」という地の文をプラスしてくれたのも枝雀さん。

「自他の別」ということで糸が切れる理由をちゃんと説明してくださった。

そして、釈迦とキリストが「神も仏もないものか」とぼやくことで「それを言っちゃあおしまいよ！」という「はずれ」のサゲになるわけだ。

主人公の名前は松本留五郎。どこかで聞いたことがあると気がついたあなたは、かなりの枝雀教信者だ。枝雀版の『代書』の主人公で、この噺にも特別出演してもらった。枝雀さんは閻魔の庁での受付の係員とのやりとりで『代書』の一部をそのままコピーして聞かせる「いたずら」もしてくれていた。

名簿のファイルを開いた係員が「松本」という名前がなかなか出てこないので、不思議に思ってファイルの背表紙を確認して

「『あ』から『き』まで」と読んで、棚に戻すというギャグは枝雀さんが追加してくれた「そんなことあるある」という共感の笑いである。

枝雀さんが原作ということもあって、私の作品の中では最も「枝雀度」の高い作品である。そのため、なかなか手がけてくれる人がおらず、門人の文之助さんと九雀さんが何度か演じているくらいだ。近年、若手で「この噺に挑戦したいのですが」と手を挙げる人が出てきた。どんな新しい『茶漬』を食べさせてくれるか楽しみにしている。

狐芝居
――地名からの発想

DVD…特選　吉朝庵②（東芝EMI）
落語研究会・桂吉朝全集
（EMIミュージック・ジャパン）

　旅先の一座を抜けて大坂へ戻るため、侍姿で旅をしている下回りの役者・尾上多似志《たにし》。麓の茶店で一服している内に日が暮れてしまい、夜の荷卸峠《におろしとうげ》にさしかかる。すると、森の中から「シャギリ」という芝居の開幕を知らせる鳴物の音が聞こえて来る。音を頼りに行ってみると、山の中に稲荷神社があり、その境内に芝居小屋がある。楽屋口から入って、花道の揚幕から舞台を見ると『仮名手本忠臣蔵《かなでほんちゅうしんぐら》』四段目の塩谷判官《えんやはんがん》切腹の場の真っ最中。客席を見ると、なんと客は狐ばかり。灯も蠟燭ではなく狐火。狐の世界に迷い込んだと知った多似志は逃げようとするが、判官が切腹して、そこに大星由良助《おおぼしゆらのすけ》が駆けつけるというクライマックスシーンの直前なので、芝居が気になって揚幕から離れることができないでいる。そのうちに判官が刀を腹に突き立てるのだが、大星の役者が登場しない。大星の登場するはずの揚幕に自分が居ることに気づいた多似志は、侍姿を幸いに、芝居に穴を開けたくない一心から自分で揚幕を開けて花道に飛び出し、大星の代役をつとめる。しかし、狐たちは自分たちと違う匂いの役者が混ざっていることに気づき、役者もお客も一瞬にして姿を消してしまう。そこには壊れかけたお神楽堂があるばかり。多似志は「おおきに。おかげで由良助てな一生かかってもでけへんような大役をやらせてもろたわ」と礼を言うなりポーンとひとつトンボを返る。すると、役者の姿はパッと消えて、草むらをトコトコトコと走って行くのは一匹の狸……。

○　○

一九八三年八月十二日、私が新作を書き始めて丸六年という中途半端な時間が経ったのを記念して「らくごde小佐田」という会を大阪のオレンジルームで、枝雀さんが開いてくださった。この会を開いていただいたおかげで私は「もう後戻りはできない」と決意を固め、サラリーマンとの二足の草鞋で歩き始める覚悟を決めた。

その会のために枝雀さんに当てて書いたのがこの噺だった。ところが、枝雀さんは「この噺は私よりアタ松ちゃんがええと思います」とおっしゃって、三番弟子の雀松さん……現・文之助さんに演じていただくことになった。「アタ松ちゃん」というのは、頭が大きな文之助さんの当時のニックネームである。

後で聞いたことだが、文之助さんは途方に暮れたらしい。師匠の命令とは言え、なんせ初めての新作である。文之助さんに限らず、落語家は基本的に文字からおぼえるということには不安をおぼえる。誰かが演じたことのある作品ならば、どこでウケるかの予測がつくので、客席の反応がしばらくなくとも「あそこまでたどりつけばウケるはず」と我慢できるのだが、初演の新作の場合は誰も聞いたことがない。ひょっとしたらずーっとウケないままで終わってしまうという恐れさえあるのだ。その恐怖に打ち勝ちながら落語家さんは新しいネタに挑戦を続けているわけだ。

この台本は当初、枝雀さんを演者に想定して書かれていた。そこで、サゲの部分は「と、役者の姿も消えて、一匹の狸が走って行きました……とさ」とメルヘンチックに終わるように書いていた。その部分を文之助さんは、現行のように変更してくれた。「最も重要な決め手になる台詞は一番後ろにまわす」という鉄則に従ったわけである。

しばらくは雀松さんが得意にして演じていてくださったが、ある日、桂吉朝さんが『狐芝居』、ぼくもやらせてもろてよろしいですか」と声をかけてくださった。

落語を書いていて一番嬉しいのが、誰かが演じている噺を聞いた他の落語家さんから、「やらせてほしい」と声をかけていただくときである。高座で演じられて「落語」になっている台本を認めてもらえたわけだから、嬉しくないわけがない。

おそらく「新作」が「古典」になるのはこういう手順ではなかろうか……と思う。ひとがやっていて、自分もできる。いや、自分だったら違ったおもしろさが出せるかもしれない……と思った瞬間に、落語家さんは「ぼくも」と手を挙げてくれるようだ。

反対に、演者のキャラと作品とがぴったり合ってしまって「これ以上工夫する余地がない」と判断されると、手を出す人がなく、演者が亡くなるとともに忘れられてしまうことになる。

昔の噺にも、そんな例があったようで、例えば『仕込みの大筒』という噺。桂文治郎という明治から昭和にかけて活躍していた人が得意にしていたお茶屋噺で、昔の芸評を見ていると「文治郎は『仕込みの大筒』ばかりやっている。また今日も同じ噺だ」とだけ書いていて、どんな筋で、どんなところが良かったかには触れていない。つまり、それだけ「みなさまご存じ」のネタだったのだ。そのせいで誰も記録せず、伝えることもしないうちによくわからない噺になってしまった。粗筋だけは米朝師匠が憶えておられたが、復活されなかったところを見ると、米朝師にしても「どないもしようがない」噺だったのかもしれない。おそらく、お茶屋噺を得意にしていたというから、いかにも「遊び」という雰囲気をかもしだすのが値打ちだったのであろうか。滅びた噺のほうが、インパクトは強かったのかもしれない。

『狐芝居』に話を戻そう。茶店での旅の役者と茶店の親父との会話から噺ははじまる。四角張った口調でしゃべっていた侍が出立すると、そこに刀が置き忘れてある。それを取りに大慌てで戻って来るので侍というのは嘘で、ほんとうは役者であることがわかる。本人の証言では大坂の名優・尾上多見蔵の弟子の尾上多古蔵のそのまた弟子の尾上多似志という役者らしい。

「侍の役が付いた時の稽古のために侍の扮装で旅をしている」という多似志の心がけが気に入った茶店の親父は茶店の名物である団子を土産に持たせてやる……というのが序幕。

続いては、茶店を出た多似志が夜の荷卸峠にさしかかる第二幕となる。もとを質せばこの噺は、「荷卸峠」という地名から発想した一席なのある。この峠は国道三七六号線の山口市にある。サラリーマン時代の二年間、転勤で山口県に住んでいたことがあって、その時に移動の車の中で見つけた地名だ。馬の背に載せた荷物をいったん下ろさないと越えることができないようなきつい峠。そんな峠の頂きにはどんな風景があるのだろうかという「絵」を描いてみた。

森の中の荒れ果てたお神楽堂。そこからお囃子の音が聞こえてくる。そこで演じられるのは決して人間の芝居ではあるまい。山の中に棲む狐たちが役者に化けて演じる芝居小屋。そこに人間が紛れ込んだらどうなるか……という具合に広がっていった。紛れ込ませるにあたって、この人間を下回りの役者・尾上多似志にしたことで全体の構成が決まった。

尾上多似志が峠に差し掛かると下座から「こだま合方」という、山奥であることを描写する曲が聞こえてくる。そして、この噺で重要な役を果たすのが「虫笛」という小さな笛。歌舞伎などの舞台で虫の鳴くリーリーリーという繊細な音を出す楽器だ。この噺を吉朝さんが演じるにあたって私は、心斎橋筋にあった大阪屋という和楽器店で虫笛を購入し、「これを使ってください」と吉朝さんに託した。吉朝さんは、この笛を「こだま合方」のバックに入れることにした。そこで迷惑をこうむったのが下座を任される若手やお弟子さんたちである。最初は虫笛を下座で立って吹いていたのだが、ある時、吉朝さんが
「虫の音がそんな高い位置から聞こえてきてどうすんねん。もっと低い位置で吹かなあかんっ……ちゅうねん。芝居っ気のないやっちゃ」と小言を言った。それ以来、この噺の虫笛担当者は、舞台裏にしゃがみこんだり、ときには床に頬をつけるように這いつくばって演奏することになる。

峠の高みにさしかかったところで、多似志は空の月を見上げる。

「ええお月さんやなあ。高いとこへ上がったら月も近うに見えるんかなあ」と言いながら歩いていると、木の根にけつまずいて転んでしまう。と、下座から「シャギリ」という鳴物が入る。なんの説明もなく「旅ネタ」から「芝居噺」の世界に切り替わる、私の大好きなシーンである。

森の中に稲荷神社があり、その境内にあったのが一軒の芝居小屋。主人公が楽屋口から入って行くと、すぐに鳥屋《とや》がある。鳥屋というのは花道の突き当りにある揚幕の中の小部屋のこと。ここから花道越しに見た舞台でやっていたのが『仮名手本忠臣蔵』の四段目。塩谷判官切腹の場。判官が待っている大星由良助がなかなか来ないというシチュエーションが、由良助を演じる役者が小屋にやって来ないという状況に合っていて、特に芝居の説明をしなくても理解してもらえることから選んだ。その上、この場面は『蔵丁稚』や『淀五郎』という古典の中でも演

じているので演者さんにもなじみがあっていい。この二席では判官の「待ちかねた」という台詞で終わっているが、この作品ではその後の判官の
「か……た……み……じゃわいやい」を受け、由良助が
「いーさーいー」と言って、了解したと胸をポンと叩いたあと
「ははーっ」と平伏するくだりまで演じる。そこでいったん、客席の狐たちの
「ようやりまんなあ」という会話になる。客席の狐たちが、「この大星、いったい誰がやっているんやろ」と疑問に思っていると、楽屋では本来、大星を演じるはずであった狐が「えらいすんまへん。寝過ごしてしもうて」と頭をかきながら楽屋入りしてくる。そこで狐たちが「わしらと匂いが違う」と騒ぎだして「人間や、人間や！」という声で下座から「ヒー、テン、ドロドロ」という鳴物が入って芝居小屋が消滅してしまう。それに気づかずに多似志が気分よく
「御台《みだい》さまにも……」と台詞を言いながら頭を上げると自分ひとりが草っ原に座っているのに気がついて「誰も居てへんがな」と驚く。そこでまた虫笛の出番になる。
「芝居小屋の代わりにこわれかけたお神楽堂。聞こえてくるのは虫の声……」
空をふと見上げて
「きれいなお月さんやなあ」とまで言ったところで、多似志は自分が狐の芝居に参加していたことを悟る。草むらの向こうがわに隠れているであろう狐に向かって

「おおきに。おまえらのおかげで、生涯やらしてもらうことのない由良助てな大きい役をやらせてもろたわ。気持ち良かったなあ。これで、明日からまた気持良うトンボが返れるわ」

懐に入れていた茶店の親父からもらった団子の包みを取り出して
「あんなあ。もらいもんで悪いけど、楽屋見舞いや」

この情のある台詞を入れてくれたのは吉朝さん。作者には書けない「芸人」のシャレと優しさを感じさせてくれる名台詞だと思う。

そして、そのあとにやってくるドンデン返しのサゲ。これまで書かせてもらった作品の中でも、聞いたあとスッと気持ち良くなる会心の一席である。

自分で言うのもナンだけれど、こんな噺、なかなかできるものではない。

帰り俥

――実話から落語へ

人力車夫の寅が客にあぶれて高津の長屋に帰ろうとしていたところ、どうしても急いで北浜に行ってほしいというお客と出会う。お客は橘屋というお菓子屋の主人で、京の伏見の萬屋《よろずや》というお得意さんに婚礼の紅白饅頭を渡したつもりが、間違えて葬式饅頭を渡してしまったので、明日の朝までに取り換えたいというのだ。事情を聞いて同情した寅は橘屋を乗せて、上町、北浜と萬屋のあとを追い、ついには伏見まで走って行く。萬屋に着いて饅頭を無事交換したとたん、萬屋の主人が頼みがあるという。奉公に来ている娘の親元から「母危篤」という電報が届いたので一刻も早く帰してやりたいとのこと。親元の場所をたずねると丹波の園部。情にほだされた寅は夜通し園部まで走って到着。疲れ果てて仮眠していると揺り起こす者が居る。見れば娘の父親で「母親は娘の顔を見ると元気を取り戻した。ついては、往診に来てくれた医者を家まで送ってあげてほしい」との頼み。引き受けると、なんと医者の家は舞鶴だった。ほうほうの体《てい》で舞鶴に着くと、医者の友達が故郷に帰るので暇乞いに来ている。驚いた医者が「こんなことしてたら乗り遅れてしまうやないか。これ、倖屋くん。わしの友人が故郷に帰るんで、ちょっとそこまで送ってやってほしい」と頼むと、ヤケを起こした寅は「もうこうなったら、『そこまで』てなこと言わんと、そのお友達の家まで送らせてもらいますわ」。医者が喜んで「おい。倖屋くんが家まで送ってくれるそうじゃ。早いこと出といなはれ。これ、ゴルバチョフ！」

○　○

親戚が山口県に観光旅行に行った時、たまたま乗り合わせたタクシーの運転手さんから聞いた実話をもとにして作った一席。「事実は小説より奇なり」という言葉があるが、「事実は落語よりも奇なり」なのである。

古典と呼ばれている落語にも、実際にあったエピソードを元にしている作品が多い。引っ越しをした時の失敗談の総集編が『宿替え』になり、夜店の露店でバイトをした時のエピソードが『道具屋』になったのではなかろうか。

とは言うものの、たまにお客様から

「このあいだ、こんなおもしろいことがあったんですけど、落語になりませんかねえ？」

とエピソードを聞かせていただくことがあるのだが、ほとんどの場合、エピソードに登場する人のキャラクターや事件が起こった環境をよく知っていないとおもしろくないことが多く、普遍的におもしろいという例は案外少ない。その点、タクシーの運転手さんの、乗せるお客、乗せるお客の目的地がだんだん遠くなって行くという「困り」は普遍的である。

噺にするにあたって、時代を明治にさかのぼらせて、タクシーの代わりに人力車にした。現代ではない時代にすると、語弊があるかもしれないが、お客様を騙しやすいのだ。

演者は当時、『いらち俥』（東京の『反対俥』）を得意にしていた桂雀三郎さん。おそらく、俥屋が日本で一番似合う落語家だ

初演は一九八三年十二月十五日に大阪北浜の大阪屋証券ホール……後のコスモ証券ホールで開かれた「上方落語・われらの時代」という落語会。その時は『露西亜《ロシア》俥』という題だったが、ネタバレになるということから再演の時から『帰り俥』と改題、それが定着した。

大阪の町を出て伏見に向けて京街道を疾走する寅に橘屋が

「こんな速い俥、初めてや」

と声をかけると、寅は

「わたいは脚には自信がおまんねん。東京で修業してまっさかいな。いざとなったら二十里や三十里、なんでもおまへんねん。二つ名が付いてまんねん。『テレガラフの寅』ちゅうてね」

「テレガラフ」とは電信のこと。明治時代になって入って来た新しい外来語で、明治の空気が

出るのではないかと思ってあえて横文字を入れてみた。

そして、「エ〜イ」とかけ声をかけて走りながら

「早いもんで、いま、枚方《ひらかた》過ぎましたで。エ〜イ。樟葉《くずは》。エ〜イ。橋本。エ〜イ。中書島《ちゅうしょじま》……。ハイ、伏見です」

という寅の台詞だけで伏見まで走ったことにする落語ならではの演出をとった。

噺そのものは次第にエスカレートしていく俥屋の「困り」を描くシンプルなものだが、その中にちょっとだけ「情」……というと大層だが、お客様の心に引っかき傷を残すようなフレーズを入れると、あとに残る噺になる。

園部から奉公に来ている娘の名前を「おしん」としたが、この名前の少女が主人公のドラマが放送されたのは一九八三年のことなのに、今でもこの名前を出すと客席から反応がある。かわいそうな少女の代名詞として「おしん」は今でも燦然と輝いている。それくらい人気のあったドラマだったのだと感心する次第だが、これは余談……。そのおしんを乗せて走って行く途中、俥の座席で娘が眠ってしまう。さすがの寅もくたびれているので、寝ているスキにちょっと一休みしようとするのだが、寝ているはずのおしんの声がする。

「な、なんや?……寝言か……。びっくりしたがな。なに言うてんねん?」と耳を傾けると、おしんは寝言で

「……おかあちゃ〜ん」

これを聞くなり寅は
「エ〜イ、エ〜イ。一服さしようらんなあ、ほんまに」

とぼやきながらも再び走りだす。母を慕う娘の心根を悟った寅の優しさが出る一瞬だ。決して濃厚な「情」の表現ではないが、聞いているお客さんの心には少ししみる台詞ではないかと自負している。

サゲの「ゴルバチョフ」はロシア人の名前ならなんでもいい……というものではないようだ。雀三郎さんも時代に合わせて初演時は「アンドロポフ」でやっていたが、亡くなったので「チェルネンコ」に変更。そのチェルネンコもすぐに亡くなったので次の「ゴルバチョフ」で演るようになったが、客席の反応は「ゴルバチョフ」が一番だった。名前の持つ意味よりも「ゴルバチョフ」という「音」がおもしろいわけで、聞き手に「そんなアホな!」と思わせる「はずれ」のパワーが大きいのである。

余談であるが、あるお客様から
「この噺を聞くと、シベリアの雪原を俥を引いて疾走する寅の姿が目に浮かびます」というご感想をいただいたことがある。映画化もありかな……?

現在は雀三郎さんと、その一番弟子の雀喜さんが演じてくれている。

天災

――落語インバウンド

CD……桂ざこば独演会①（東芝EMI）
DVD…特選 吉朝庵①（東芝EMI）

気の短い男。いつも女房や母親に乱暴するので、心配した中川の隠居が意見をして紅羅坊名《べにらぼうな》丸《まる》という心学の先生のところに行かせる。名丸は「自分に不都合なことがあっても、なにごとも天の災い……天災だと思ってあきらめよ」と諭す。納得して自宅に戻ったこの男、隣家の友達のところに別れた前の女房が暴れ込んで来て大喧嘩になった……と聞き、勇んで出かけて行って頓珍漢な意見をして「なにごとも天の災い……天災と思ってあきらめんかい！」と言うと友達「なんかしとんねん。うちは先妻でもめてんねん」。

○　○

落語作家の仕事は新作を作るだけではない。滅んでいた噺を復活したり改作したり、東京落語を上方に輸入したりすることも大きな仕事である。この噺も東京落語の『天災』を輸入したものである。

桂朝丸さんから
「若いころ、東京の（五代目春風亭）柳朝師匠に教えていただいたんですけど、いっぺん金比羅さんの勉強会でやったきりでそのままになってまんねん。なんとか台本書いてもらえまへんか」と相談されたのは一九八四年のこと。そのころ枝雀一門の座付き作者という立場だった私も、枝雀さんの弟弟子の先代桂歌之助さんや桂吉朝さんたちに古典や東京落語の改作台本を提供するようになってきた。そんな時に声をかけてくれたのが朝丸さん……後のざこばさんだったのだ。その年の七月二十二日に台本が完成し、その足で大阪梅田のオレンジルームで開かれた「おれんじ寄席」の楽屋へ台本を持参した。私の手渡した台本を読んだ朝丸さん
「おおきに。これ、やらせてもらいまっさ」と言ってくださった。これから憶えて、何か月後に上演するのだろう……と思っていると、どうも様子がおかしい。何度も読み返していた台本をお弟子さんの都丸（現・塩鯛）さんに手渡すと
「都丸にいちゃん。途中で止まったら、横から言うてんか」
つまり、台本をもらって二時間もたっていないのに、いきなり上演しようというのだ。後に調べてみると、朝丸さんが柳朝師匠仕込みの『天災』を試演したのは一九七〇年六月二十一日に京都の安井金比羅会館で開かれた第二十二回「桂米朝落語研究会」……通称「金比羅さんの会」でのことだった。それから十四年たったその日に、新しい台本で再演に挑戦したわけだ。

客席に回って聞かせてもらったのだが、粗削りではあったけれど、みごとな上方の『天災』になっていた。高座から降りて来た朝丸さんは汗を拭きながら「なんとかできました。これから、やらせてもらいまっさ」とにっこり笑ってくれた。この時、ネタが演者に出会う……という瞬間を体験させてもらった。

上方の『天災』にはもうひとつ、桂吉朝さんが柳家小三治師の高座に触発されて創り上げた型がある。朝丸さんに書かせていただいた時期にはまだ演じておられなかったように記憶するのだが、吉朝さんは吉朝さんでこだわりを持って上方化していた。ちなみに、吉朝型の主人公の名前は江戸と同じ八五郎で、心学の先生は「紅羅坊名丸」ではなく「堀定勘兵衛」となっている。これは、吉朝さんと親交のあったSF作家の堀晃さん、かんべむさしさんに、私の名前もブレンドしてこしらえたものである。

米朝師に教えていただいたのだが、昔は上方落語にも『天災』はあったのだそうだ。同じように心学の先生のもとを訪れた短気な男が、先生に「ひとの悪きは我が悪きなり」という言葉を教えてもらった帰り道、薪を割っている男から薪割りを取り上げて薪を割り始める。なぜそんなことをするのか聞かれて「ひとの割る木は我が割る木なり」と答えるのがサゲだそうである。これはこれで古風なおかしさはあるものの、サゲ前に新しいエピソードが入ると噺がごたつくので、東京型のサゲを採用した。

また、心学の先生の「紅羅坊名丸」というのは「べらぼうに訛る」のシャレなのそうだ。その名前を「便所にはまる」と聞き間違えた主人公が「便所にはまったら名前変えなあかんぞ」と言う。我々の子供のころ、関西には「便所にはまったらゲンを直すために名前を変えなくてはいけない」という言い伝えがあった。最近は和式のトイレが絶滅危惧種になってしまったため、若い世代には通用しないギャグになってしまった。それでも、ざこばさんから伝えられた後輩たちは、律儀にこのフレーズを使ってくれている。

この噺などは「上方落語化」というよりも「ざこば落語化」と言ったほうがいい。言葉や地名や風習という「型」を変えるというよりも、「ざこばさんやったら、どんな気持ちでしゃべるか？」というように「気」を演者に寄せることを第一に置いた。

その後、『厩火事』、『子は鎹《かすがい》』などを書かせていただいたが、いずれもざこばさんの「気」になって書かせていただいた。

ざこばさんに限らず、落語の台本を書かせていただく場合には必ず誰が演じるかを想定して書く。誰が演じるかわからない台本は、演者の声が聞こえてこないので書けないのだ。演者が決まると、どんどん噺がふくらんでいく。

ある時、弟子のくまざわあかねと東京落語の中で上方化できるネタの候補を挙げていた時、私が「絶対に上方落語にできない噺」として挙げたのが『三方一両損』、『品川心中』、そして『文七元結』だった。ことに『文七元結』は自分の娘を色町に売ってこしらえた五十両を、身投げしようとしている初対面の男にやってしまう……という上方には絶対に存在しないタイプの男が主役の噺である。

「そんなことする無茶者を演じることができる落語家は上方には居てない」と言う私に、くまざわは

「ひとりだけ居てはります。ざこば師匠です」と言い放った。

「それやったら、台本を書かせてもらって読んでもらいいな」と言うと、いつの間にか書き上げてざこばさんに手渡して持ちネタに加えてもらった。

その後、くまざわは『笠碁』を旦那同士の喧嘩ではなく、質屋の旦那と出入りの職人という身分の差による軋轢もプラスして上方化に成功した。落語家と作家の相性が合った成果だと思っている。

高宮川天狗酒盛

——復活『東の旅』

伊勢詣りを済ませた喜六と清八の二人連れが高宮の宿《しゅく》にさしかかった。これまでの宿場では、喜六の身なりがあまりに汚いため、ひどい扱いを受けていたことに腹を立てた清八は、喜六を大坂の大金持ちということにして、宿《やど》のいい部屋に泊まることに成功する。ところが、清八が風呂に入っている間に、喜六が芸者を呼んで大散財をしてしまい、とても支払いができなくなって、二人は真夜中に宿から逃げ出した。高宮川を渡ってほっとしていると、仕事を済ませた山賊の一味と出くわしたので、清八と喜六はあわてて木に登って身を隠す。木の下では山賊どもが集まって休憩中。そのうちに、木の上の喜六が便意を催し、我慢できなくなってもらしてしまったところ、山賊の頭にかかり「天狗が木の上から糞を降らせたにちがいない」と怖がりはじめる。木の枝が折れそうになったので、度胸を決めた二人は鼻に脇差を押し当てて「天狗じゃーっ！」と叫びながら飛び降りた。驚いた山賊たちはちりぢりになつて逃げて行く。一息ついていると、喜六が山賊の落として行った財布を拾う。「預かっといてやる」という清八と財布の奪い合いをしていると、二人とも「いたーい！」と大声をあげたところで目が覚めた。よう見たら、二人でお互いの睾丸《きん》を引っ張り合っていた。

〇　〇

上方落語には『東の旅』という伊勢詣りの旅先でのエピソードを描いた作品群がある。『東の旅シリーズ』などといって、旅立ちの『発端』から、お詣りを済ませて京から大坂に戻って来る『三十石夢之通路』（あるいは『宿屋仇』）まで、清八と喜六という二人の大坂者が主役となってくりひろげられる旅絵巻である。順番にタイトルを並べると

発端（旅立ち）→奈良名所→野辺《のべ》→煮売屋→法会《ほうえ》→もぎとり→軽業→七度狐→運付酒→常太夫《つねたゆう》儀太夫《ぎだゆう》→鯉津栄之助→三人旅→宮巡り→間《あい》の山お杉お玉→桑名船→高宮川天狗酒盛→軽石屁→矢橋船《やばせ》→これこれ博奕→走り餅→宿屋町→こぶ弁慶→京名所→伏見の人形買い→三十石夢之通路→宿屋仇

この中で『三人旅』と『宿屋仇』には源兵衛なる人物が特別出演してトリオとなる。さらに『宿屋仇』では三人は兵庫の人間になっていて、大坂には伊勢詣りの帰り道に立ち寄ることになっている。思うに、本来『東の旅』は最初から通し狂言として成立していたのではなく、それぞれが独立した旅の落語を、噺の舞台にふさわしい場所に振り分けて「ご当地の噺」とした

のではなかろうか。

例えば大坂の玉造から暗峠《くらがりとうげ》を越えて奈良までの道中の道筋を紹介する『発端』、奈良の名所古跡を見物してまわる『奈良名所』、伊勢神宮の各社に参詣する『宮巡り』、伊勢に実在した女芸人が登場する『間の山お杉お玉』、京のあちこちを案内する『京名所』、京から大坂まで三十石船の船中風景をスケッチした『三十石』などは舞台になっている土地がはっきりしている噺で、あとは別の土地でも問題なさそうだ。現に東京に移植されて地名を変えて演じられている噺がたくさんある。

『東の旅』シリーズには、ほんとはこれだけの数の噺が存在するのだが、現在「通し」として演じる場合は、この中からポピュラーな部分をピックアップして演じる例が多い。

　先代桂歌之助さんから
「上演されることがなくなった幻の『東の旅』を全編復活しませんか？」

という相談を受けたのが一九八二年のこと。京都府立文化芸術会館で現在も継続している「上方落語勉強会」の特集コーナーとして八三年十一月十八日の第六十二回公演から始めることになり、初回は桂雀三郎さんが『発端』から『煮売屋』を演じ、以下のネタと演者は次のとおり。

七度狐（呂鶴）→軽業（吉朝）→運付酒（雀松［現・文之助］）→常太夫儀太夫（先代歌之助）→鯉津栄之助（朝太郎）→桑名船（雀松）→間の山お杉お玉（先代歌之助）→猿丸太夫（先代歌之

助）→高宮川天狗酒盛（吉朝）→矢橋船（雀松）→走り餅（雀松）→軽石屁（九雀）→能狂言（先代歌之助）→軽業講釈（文太）→宿屋町（米平）→こぶ弁慶（吉朝）→三十石（雀三郎）

この中で『常太夫儀太夫』、『鯉津栄之助』、『桑名船』、『間の山お杉お玉』、『猿丸太夫』、『高宮川天狗酒盛』、『走り餅』、『軽石屁』、『能狂言』の九席の復活を担当させていただいた。なお、『猿丸太夫』と『能狂言』は元々のシリーズには入っていない「外伝」的なものである。

演者の都合でネタの順番が前後したり、抜けたりしているところもあるが、とりあえずは無理やりでも通してみた。ネタ元になったのは明治三十年代に駸々堂から発行された二世曽呂利新左衛門の「滑稽伊勢参宮」と「滑稽大和めぐり」という二冊の速記本。もともとは「新百千鳥」という雑誌に連載されていたものをまとめたものである。この本に『走り餅』や『間の山お杉お玉』、『鯉津栄之助』、『高宮川天狗酒盛』、『常太夫儀太夫』、『軽石屁』などの速記が載っていた。ただ、正確な高座の速記ではなく、十返舎一九の「東海道中膝栗毛」をもじった読み物風にしていて、主人公のコンビも喜六&清八ではなく弥次郎兵衛&喜多八をもじった紛郎兵衛《まぎろべえ》&似多八《にたはち》で、一章の末尾には必ず狂歌が付くというところまで「膝栗毛」を意識していた。その点を割り引いて落語の台本にリライトしてみた。この二冊がなかったら、『東の旅』復活」というような企画は実現していなかったことだけは確かである。

演者もその内容にふさわしい人を選ばせていただいた。例えば『鯉津栄之助』という噺は

「芸人ならば通してやる」という関所が舞台になっている噺で、演者は自分の得意とする余芸をちょっと披露するのがお約束になっている。いわば『掛取り』で演者が自分の得意な音曲や歌舞伎の声色を披露するような趣向第一の噺なのである。この噺の演者にはマジックが得意な桂朝太郎さんをお願いした。私はその時の会には、他の仕事と重なって行くことができなかったのだが、翌朝になって歌之助さんから電話がかかってきた。

「昨日、朝さんがやったネタ、何分ぐらいの寸法で書いたん？」

「うーん。噺だけやったら十分ちょっとで、手品も入れて二十分くらいかなあ」

「朝さんに『マジックやってください』て言うたやろ？」

「隠し芸をちょっと披露するのがミソの噺やから『ここで、手品を演じる』て書いたよ」

「そんなこと書くさかい、朝さん、マジックやりたおして、五十分降りて来えへんかったやないか！」

この『高宮川天狗酒盛』はタイトルだけ聞くと歌舞伎のようで、なにやらミステリアスな雰囲気がある。内容を知らないころは、ぜひ一度聞いてみたい作品だったのだが、初めて速記で読んだ時は「なーんじゃ、これは？」と肩透かし感を味わった。その肩透かし感を皆さんに伝えようと復活してみたのである。初演は一九八四年九月十一日。演者は「なーんじゃ、これは？」という種類の噺が得意な（？）桂吉朝さんで、ごくたまに演じてくれていた。ことに押すのではなく、引く息で放つギャグは吉朝さんの芸風に合っていて、当時の大学の落語研究会の連中さんには人気のあるネタであった。

現在はその門下のしん吉さんが演じるほか、吉朝さんの録音を聞いた桂文華さんが演じており、文華さんから伝えられた笑福亭喬介さんも演じてくれている。

後に『東の旅シリーズ』の内、「上方落語勉強会」では手を付けていなかった『これこれ博奕』を二〇一〇年四月に第二回「超古典落語の会」で復活した。演者は桂九雀さん。

喜六と清八が宿屋で博奕を打ち、無一文になって逃げ出す。その夜は神社の社殿で一泊して、翌朝目を覚ますと表が騒がしい。様子をうかがうと、なんと表では祭礼が始まっていて、境内には露店が並んで大にぎわい。神主さんがお供えを持って社殿の扉を開けるので、二人は表に飛び出してあちこちの店を蹴散らかして隣村へと逃げて行く。お庄屋さんの家で休ませてもらっていると、祭礼を見物していた村人たちがやって来て二人を見て「神様が居る」と騒ぎだす。「二人が社殿から飛び出して来た」と聞いた庄屋が「さては（手の甲を上に向けて軽く握って狐手にして）これこれのしわざじゃな？」とたずねると、二人は「いいえ、（手のひらを上に向けてサイコロを振る型をして）これこれのしわざです」。

「狐のしわざで化かされたのか？」と聞かれて「いいえ、サイコロのしわざです」と言葉で返すだけではなく、手の動きを合わせて見せる珍しいしぐさのサゲなのである。

だんじり狸
――祭囃子から落語へ

速記……よむらくご（弘文出版）

秋のある日、長屋に住んでいる秀《ひで》が友達の勝《かつ》と米《よね》を呼び出して「いっしょに長柄橋《ながらばし》の下へだんじり囃子を打ちに行ってくれ」と頼む。事情を聞いてみると、三人のだんじり仲間で三年前に亡くなった梅の一人息子の寅ちゃんに「この町内には『だんじり狸』というて雨の夜になるとだんじり囃子を腹鼓《はらつづみ》で打つ狸が棲んでいる」という話を聞かせたところ、それを真に受けて隣町のガキ大将に自慢した。ところが、雨が降ったのに囃子が聞こえてこなかったので「ウソつき！」といじめられたというのだ。「今夜も雨が降りそうなので、寅ちゃんの名誉挽回のためにいっしょにだんじり囃子を打ってほしい」というのが秀の頼みだった。「死んだ梅のために」との言葉に断れなくなった二人は秀といっしょに長柄橋の下に行ってだんじりを打ってやる。その翌日、寅ちゃんは大喜び。この日も雨が降りそうなので「今夜もだんじりが聞こえてくるなあ」と楽しみにしている。秀はいやがる二人にたのみこんで二日目もだんじりを打ちに行くが、その日は大雨。雨に濡れた秀は風邪をひいて寝込んでしまう。二日ほどは雨が降らない日が続いたが、三日目の夕方になって雲行きを見ると今夜は降りそうだ。見舞いにやって来た勝と米に頼もうとするが二人とも先約があると言って断ってしまう。「こうなったら一人でも行こう」と思っているうちに熱のために寝入ってしまう。その夜、雨の中だんじり囃子の音が聞こえてくるが、勝と米はその音をよそで聞いて「秀が行ったのか」と思う。一方、秀は寝床の中で目を覚ます。勝と米が行ってくれたのかと思うが、だんじりを打つための太鼓と双盤《そうばん》は枕元に置いたまま。耳を傾けた秀は「あいつら、いつの間にあないに上手に打てるようになったんやろ。まるで、ほんまもんの狸が打ってるみたいや」。

○　○

上方の祭囃子といえば京都の祇園囃子と大阪のだんじり囃子。同じ囃子でも随分と雰囲気が違う。「祇園囃子」は〽コンコンチキチンコンチキチン……とゆったりとした雅《みやび》さの中に哀しさ、寂しさが秘められている。対して「だんじり囃子」は〽チキチンチキチンチキチンコンコン……と聞いているだけで全身の筋肉が勝手に動き出すような血わき肉躍るせわしない囃子なのである。これはそれぞれの町に住む人たちの気質によるものであろう。

落語を書き始めたころ、まず祇園囃子を使う落語を作りたいと思った。そこで書いたのが『祇園祭』という噺。一九七八年六月四日に大阪の北御堂で開かれた第十六回「枝雀の会」で枝雀さんが初演してくれ、その後、七九年五月に京都の独演会で再演されている。その時のポスターが残っているのだが、作者の名前が「小田定雄」となっている。決して誤植ではない。当時は、まだサラリーマンと兼業していたので堂々と本名は名乗れない。ペンネームを考えることにした。そこで思いついたのが回文の名前で、本名の「定雄」を生かして回文にすると「おださだお」というわけだ。枝雀さんに報告すると
「ああ、それシャレてまんなあ。それでいきまひょ」
ということで、このポスターが完成。その会が終わったあと、枝雀さんから
「あんさんの名前、『小田定雄』も、それはそれでシャレてますねんけど、大先輩に織田正吉先生が居てはりまっさかいなあ。まぎらわしいのとちがいますか?」
「私はかまいませんけど」
「いやいや、あんさんはかまへんやろけど、織田先生のほうが迷惑しはりますがな」
ともっともなご意見。続けて
「そうでんなあ。ここは、『佐』の字をひとつ入れまひょか。『小佐田定雄』てシャレてますがな。ほな、ということで」
と言い残して枝雀さんは行ってしまった。私の会心のペンネームも、ほんの二分足らずの会話で「小佐田定雄」に改名させられてしまったわけだ。

ところが、「小佐田定雄」という名前、「サ」が重なるのでとても発音しにくいことが後になって判明する。たまにラジオやテレビでおしゃべりするとき、自己紹介の「落語作家の小佐田定雄です」がスムーズに言えずにリテイクすることも多々あった。本名を使うのは役所か病院だけになってしまった今となっては、もっと発音しやすい名前にしたらよかった……と反省している次第。

名前のことはさておき、『祇園祭』というのは、田舎から京の町に奉公に来ている丁稚さんのところに、祇園会の夕方、故郷から母親が訪ねて来る。突然の訪問に驚くが、番頭のはからいで親子水入らずで祇園祭の見物に出かけることになる。祇園囃子の流れる町を見物して店に帰って来ると、そこには故郷の村から母親が亡くなったことを知らせるための使いの者がやって来ていた……というストーリー。下座で「祇園囃子」を演奏してもらったのだが、「当たり鉦《がね》は二丁で」という注文を出させていただいた。私にとっては、あの複数の鉦の微妙にズレた音というのが「祇園囃子」の魅力なのである。

この噺を作ったときに、大阪の「だんじり囃子」を使った噺も作らないと天神さんに申し訳ない……という意味不明の責任を感じてしまった。そこでできたのが『だんじり狸』なのだ。

初演は一九八四年十月一日。『祇園祭』の六年四か月後のことである。演じてくれたのは当時は「べかこ」といっていた現在の南光さん。南御堂で開かれた第十回「べかこ倶楽部」でのことだった。

枝雀さん専属の作者として『雨乞い源兵衛』まで十一作書いたあと、次に書かせていただくことになったのがべかこさんだった。そのころ、東京では三遊亭圓丈さんが現代を舞台にした新作落語を「実験落語」と銘打って話題を集めていた。それが飛び火して上方でも「創作落語現在派」が立ち上がった。この会を命名したのは笑芸作家の香川登枝緒先生。「創作落語」という言葉は一九六〇年代にも使われていて、「創作落語会」と題する会が東京で開かれていたが、香川先生はそこに「現在派」という言葉を付け加えて、現在の風俗を描いた作品という限定があった。

べかこさんに最初に書かせてもらったのは『ドラキュラ』という噺。八〇年十月五日に完成して、翌月十四日に大阪の朝日生命ホールで開かれた「べかこ・雀三郎の会」で初演されている。内容は吸血鬼伝説を元にした漫談風の「地噺」だった。

その次に書かせてもらったのが『自動改札機魅入《じどうかいさつきかいのみいれ》』という噺。八一年十月十一日に完成。初演は翌年一月十一日に茨木市の唯教寺で開かれた「雀の会」という勉強会の高座だった。自動改札機が鉄道の駅に導入されたのは六七年のこと。阪急電鉄の北千里駅が最初だった。東京で実用化されるのはずいぶん後のことになる。ある男が、いつものように自動改札を通り抜けようとするのだが、定期券の期限が切れているわけでもないのにどうしてもゲートが開かず外に出られない。とうとう駅員も帰ってしまい駅の構内に閉じ込められてしまい、電灯も消えて真っ暗闇になるのだが、夜中に大きな揺れがおこると、いきなり自動改札機がしゃべりはじめる。自動改札機の説明によると、世界は滅んでしまったとのこと。自動改札が男に恋をして一人だけ助けたのだと言う。すると、今まで真っ暗だった駅の構内の電灯がついて停まっていた電車の警笛が人も居ないのに鳴り始めるので驚くと、改札機が「みんなが祝福してくれています」……という世界絶滅のオチであった。

三作目は八三年八月十二日に開かれた「らくごde小佐田」で一度だけ上演された『迷い犬』という拾い犬がテーマになっている一席。ここまでの三席はいずれも現代が舞台になっている作品だった。当時のべかこさんは既にテレビやラジオでタレントとして活躍していたこともあって、現代ものが合っているだろうと勝手に思いこんで書いていたわけである。

その次にべかこさんに書かせていただいたのが、この『だんじり狸』だった。この噺を書かせてもらったおかげで、べかこさんには現代ものより時代を超えた「古典」の匂いのする噺のほうが似合っていることに気づかされた。古い時代の物語を演じても、ちゃんと現代人の心情を描くことのできる落語家だったわけである。私自身も、舞台を「現在」に限定してしまうと、すぐに内容が古くなってしまうので、できるだけ時代をぼやかす作品を書こうと決めた。

そこで、流行の「創作落語」の流れにはあえてのらず、「新作落語」という呼び名にこだわったまま現在に至る。まあ、「創」というほど斬新な作品を書いているという自信がないこともあるのだが……。

この噺は「だんじり囃子」を印象的に使って、サゲの一言を言ったあともだんじりの演奏が続き、その演奏の間に幕が閉まるという余韻のある終わり方にしてある。

べかこさんは九〇年十一月二十日に大阪のサンケイホールで独演会を開いた時にトリでこの噺を演じ、サゲのあと「だんじり囃子」を聞かせながらバックのホリゾントに狸が腹鼓を打っている影絵を写して見せてくれたこともあった。そんなことをしたくなるネタなのである。

この噺、南光さんから門弟の南天さんに受け継がれているのとは別に、吉朝さんも手がけてくれて、その門弟の吉の丞さんが演じてくれている。さらには、吉の丞さんの高座を聞いた笑福亭呂好さんも教えを受けて演じてくれるようになった。ちなみに、呂好さんの師匠の笑福亭呂鶴さんは上方落語界のだんじり囃子の名手である。

サゲの解釈であるが、はっきりと「狸が打っている」とは言わないで、お客様の想像にお任せするようにしてある。南光さんのように狸が打っていることを思わせる演出もOKだし、呂好さんが演じるように梅がだんじりの名手だったということを仕込んでおいて秀に

「まるで、梅が打ってるみたいや」

と言わせて、梅の霊が打っているように聞かせることもできる。

べかこ時代の南光さんが演じたのを聞いた枝雀さんは「狸が打っていることを匂わせるだけで充分で、秀が目を覚ました時、枕元に鳴物があるということさえも、念を入れすぎていて興をそぎまんなあ」と言っておられた。

どれが正解というものはない自由な作品になった。これこそが落語という芸の自由さを活用した手法……と言いたいところだが、サゲをあやふやに書きっぱなしにしてしまったケガの功名なのである。

「だんじり」だから陽気な噺になるかと思ったら、意外にも情のある噺になってしまった。このほかにも桂吉朝さんに『身替り團七』、笑福亭呂鶴さんに『昇り龍の松』、林家花丸さんに『父子《おやこ》地車《だんじり》』という「だんじり囃子」が噺の中で演奏される噺を書いたのだが、いずれも父と子の情のからむ作品になった。「祇園囃子」の鉦と「だんじり」の双盤。楽器の大きさと音色は違っていても、いずれも念仏に使われるものだけに、どこか「あたたかさ」と「なつかしさ」を感じさせるものなのかもしれない。

茶屋迎い
――「はめもの」の効果

DVD…桂文珍一〇夜連続独演会②（吉本興業）
桂文珍大東京独演会②（吉本興業）

船場の商家・丹波屋の若旦那はお茶屋遊びにうつつを抜かして、新町《しんまち》の茨木屋に居続けしている。業を煮やした親旦那が手伝《てつた》いの熊五郎や手代の杢兵衛、番頭を次々に迎えに寄越すのだが、みんなミイラ取りがミイラになってしまい、居続けのメンバーに加わってしまう。最後の手段として親旦那自ら、飯炊きの権助の筒袖の着物を借り、変装して迎えに出かけた。若旦那一行は、権助が迎えに来たと思い、階下の狭い部屋に待たせて二階座敷で遊び続けている。二階座敷の騒ぎを聞きながら「あの親不孝者めが」とぼやきながら親旦那が独酌で飲んでいると、その部屋に座敷を間違えた芸妓が入って来る。見れば八年前に世話をしていた馴染みの女だった。想い出話をしているうちにいい雰囲気になった二人。親旦那の膝にしなだれかかる芸妓の肩を抱こうとした瞬間、店の者が「お迎えのお方。若旦那のお帰りだっせ！」と声をかけるので、親旦那は思わず「ええい、あの親不孝者めが」

〇　　〇

もともとは上方落語だったが、六代目三遊亭圓生師が東京に移した噺だという。「圓生全集」第四巻の速記やレコードの「圓生百席」によると、親旦那がお茶屋で昔なじみの芸妓と再会した時に、お茶屋に来られなくなった事情を詳しく述べるくだりがあって、そのあたりも聞かせどころの「ちょっといい話」なのであるが、上方版に戻す際には親旦那が事情を説明しようとすると芸妓が

「もうよろしいやん。そんな昔の話」

とさえぎってすっかりカットしてしまい趣向第一の噺にした。東京では『不孝者』というタイトルで今でもちょっと重い噺として扱われている。上方では現・染丸さんが「染二」時代に色町を堀江にして演じているCDが市販されていた。

私が上方化したのは一九八四年十一月八日のこと。桂雀三郎さんに当てて書きかえて、翌年の一月八日に大阪梅田の太融寺で開かれた第十回「雀三郎の会」で初演されている。冒頭、店の者がお茶屋に居続けをしている若旦那を次々と迎えに行って、全員色と酒とで拉致されてしまうくだりは『木乃伊《みいら》取り』という東京落語の趣向である。

雀三郎さんから弟弟子の文之助さんや八方門下の月亭文都さんに伝えられた。また、後には桂文珍さんもよりコンパンクトな型にして口演し、そこから弟弟子のかい枝さんや鶴瓶門下の

鉄瓶《てっぺい》さんに伝えられている。

迎えに行く奉公人のキャラにカタブツの杢兵衛という存在を用意した。彼はどのくらい固いかと言うと「世の中に女ほど恐ろしいものはない」と公言し、店に女のお客さんがやって来ると応対をほかの奉公人に代わってもらうくらいだという。親旦那が若旦那の迎えを依頼すると、まなじりを決した杢兵衛は

「この杢兵衛、単身で悪の巣窟に乗り込みまして言ってやります。『サタンよ退け！』」

などと息まく。ところが、お茶屋に乗り込むとすっかり籠絡されて歌を歌いはじめる。その歌が〽神とともに居まして……という讃美歌というから、おそらく杢兵衛はクリスチャンだったのであろう。

このくだり、文珍さんは杢兵衛を「干しシイタケのように固い人物」と紹介し、こちらもお茶屋から帰って来ない。腹を立てた親旦那が番頭に

「おまえ、干しシイタケみたいに固いて言うたやないか！」

と文句を言うと、番頭は

「戻してしもうたんですなあ。水商売だけに……」

と笑いをプラスし、座敷で歌う歌も〽ひとぉ〜つ積んでは父のため、ふたぁ〜つ積んでは母のため……という御詠歌で、下座からリンのチーンという音を聞かせる「お遊び」にしている。

杢兵衛も帰って来ないので、ついには番頭が
「今まで迎えにやりました二人、なんと申しましても、まだ年が若うございます。ここはひとつ、年の功で、私がお迎えに上がります。じきに三人ともつれ戻して参りますで。ほたら、ちょっと行て参じます」
こう言い残して新町に出かけて行く。
少し間を置いて旦那が
「婆さん、わしゃ誰を信じたらええんや」
とぼやくことで、番頭も帰って来なくなったことを知らせる。この秀逸なギャグは彦六になって亡くなった八代目林家正蔵師が『木乃伊取り』で聞かせた型を拝借した。
この親旦那の連れ合いのお婆さんも腹が据わっていて、店の者がお茶屋に捕虜になっても
「これで、あんたがむこうへ行ったら、新町でお店が開けまんなあ」
などと言って笑っている。
そして、ついには親旦那自らが出迎えに行くことになるのだが、新町にやって来ると下座から「茶屋入り」と呼ばれる囃子が流れてくる。昔はどの色町に行くかで曲が決まっていて、この噺の場合、新町にさしかかると長唄の「安宅の松」の〽絶えずや子宝……という部分を使うのだが、文珍型では上方歌舞伎で使う「色の新町」という下座唄を演奏する。

東京落語を上方化するときの楽しみのひとつは、「ハメモノ」と呼ばれる下座音楽をどう使おうかといろいろ考えをめぐらせること。たいていは先行作品を参考にして曲を指定するのだが、演者さんやお囃子さんと相談して決めることもある。

私が米朝師匠のもとに出入りさせていただくようになったのは、関西学院大学在学中、古典芸能研究部に所属して寄席囃子の研究をしていたのがきっかけである。一九七〇年代、上方落語がブームを迎えた時代に、高座を陰で支えている囃子方が高齢化のため滅亡の危機に瀕しているということを聞いて、それなら調べてみようか……という気になった。昔から流行っているものより、絶滅寸前のものに興味を惹かれるアマノジャクな気質のなせる業《わざ》で、それで「落語作家」などという超レアな仕事を続けている。

落語……ことに上方落語の台本を書くにあたっては邦楽の知識があったほうが得である。「ハメモノ」という手法が使いこなせたら、落語の演出の幅がぐんと広がるからだ。はじめのうちは、「こういう場合にはこの曲を」という定番を使っていたが、いろいろと邦楽を聞いていると「この曲、あの噺に使えるなあ」などと作品のグレードをアップするアイテムとしても使えるようになる。ことに歌舞伎は下座の使い方のお手本として最高で、下座音楽の種類は無尽蔵。新しい曲もどんどん採り入れており、演奏家の師匠にうかがうといろんな曲を教えてくださる。その新しい曲をお囃子さんと相談して使ってみて、それがいい効果を上げた時は嬉しいものだ。

この噺のように復活を試みる場合には、昔のお囃子さんが持っていた「きっかけ帳」という個人の手控えメモを参考にさせてもらう。『茶屋迎い』も「落語系図」という古い資料に「上方芝居噺の聞懸《きっかけ》鳴物入の落語種々」と題する「きっかけ帳」が残っていた。

それを元にいろいろと調べているうちに、米朝師匠から「座替りやな」というセリフで「踊り地」という曲が入るという演出があったということを教えていただいた。そんなふうに上演しながら少しずつ復活して行くのも落語作家の楽しみの一つなのである。

軽石屁
——落語の裏付け？

DVD…繁昌亭らいぶシリーズ⑬桂九雀（テイチク）

伊勢詣りを済ませた喜六と清八の二人連れ。鈴鹿峠にさしかかって足が痛くなった喜六のために茶店で休憩していると、店先に駕籠が一丁客待ちをしていたので、それに乗ることにする。清八が応対をしているうちに、清八が旦那で喜六は従者ということになってしまい、清八のほうが駕籠に乗って先に行ってしまう。後に残された上に二人分の茶代まで払わされて腹を立てた喜六は近道を通って先回りして、煮売屋で駕籠を待ちかまえている。煮売屋とは言いながら田舎のことでよろず屋……雑貨店も兼ねている。店先に軽石があるのに気がついた喜六は、軽石の粉を飲むと屁が出て止まらなくなるということを思い出し、軽石を買って金槌で細かく砕き、一升徳利の中の酒に混ぜて駕籠屋に飲ませようと企てる。そこへ清八の乗った駕籠が到着。喜六は駕籠屋に軽石の粉の入った酒を飲ませることに成功し、再び担ぎ出したところ、駕籠屋が清八の前と後ろから屁を浴びせかけてひどい目にあわす。ほうほうの体で降りた清八に喜六が軽石のタネを明かすと、あきれた清八が「なんでこんなことしたんや！」と文句を言う。喜六が「おまえは、いつもわしのことをバカにしとるさかい、あてこすりにやらしてもらいました」と答えるので、清八「あてこする？　ああ、それで軽石使うたんか」。

〇　〇

この『軽石屁』は八五年三月五日に九雀さんによって復活上演された。『高宮川天狗酒盛』と同じく京都の「上方落語勉強会」で企画された「『東の旅』復活シリーズ」の中の一席である。この種の活字からの復活で難しいのは、読んでおもしろいものはしゃべってもおもしろい……とは限らないことである。反対に、活字で読んでいて「これのどこがおもろいねん？」と思う噺でも、落語家さんの言葉になり、身振りと表情が付くとおもしろくなる可能性がある……ということなのだ。

まずは元の本を読んでみておもしろいところ、現代でも通じるところを拾い上げる。次に、わかりにくいかもしれないけれど、解説を付けてでも遺しておきたいフレーズや風習をメモしておく。その次には原作をいったん忘れておおまかな粗筋に従って台本を書き始めるのだ。復活の楽なのはもとになるアイデアがあるので一から考える必要がないこと。苦労するところは、もとになるアイデアがあるので、そのアイデアからあまり勝手にかけ離れると別物になってしまい「復活」とか「改作」の範疇を飛び出してしまうことである。

この噺でも、本来のサゲは屁をかまされた清八が駕籠屋に苦情を言うので、駕籠屋が喜六に事情を聞くと酒に軽石の粉を入れたことを白状する。そこで駕籠屋が

「道理でブーブー言うた」

……というもの。苦情を言う意味の「ブーブー言う」とおならの音を掛けたサゲというが、いささかわかりにくい。そこで「軽石だけにあてこする」という型に変更させてもらった。

軽石の粉を飲むとおならが出るというのが、この噺のポイントなのであるが、そんな言い伝えが本当にあったのかどうか不勉強で知らなかった。そこで、今のお客さまにも納得していただくために理論武装することにした。

「軽石は火山が爆発した時のガスがギュッと固まってできたものでございます。ですから、それが再び溶けてガスになるというのは全く無理のない理論なんでございます」

と演者は説明したあと

「これは決してよそでは言わないでください」

と付け加えていることは言うまでもない。

……こんなことを書いていたら、編集者さんから小津安二郎が一九五九年に発表した『お早よう』という映画の中に、子供たちが軽石の粉を飲んで自在におならをする稽古に励むというシーンがある……と教えていただいた。早速、映像を拝見すると、佐田啓二、久我美子、杉村

春子、笠智衆などの名優が出ている映画だったが、まさしく軽石の粉を飲んで屁を出していた。その方法を教えたのがガス会社に勤めているお父さん……というのがシャレになっている。こんな映画があったのなら、別に理論武装などしなくとも
「小津安二郎の映画『お早よう』にもありますとおり、軽石を飲むとおならが出るというのは一般常識なのでございます」で済んだのに……と悔やむことしきりである。
一方、昔の表現に教えられるところもある。軽石の粉の入った酒を飲んだ駕籠屋が
「なんじゃ、酒がちょっとモロモロしているな」という台詞があるが、これは原作にある表現で、よそで耳にしたことのない言葉ながら、雰囲気をよく現しているように思えたので使わせていただいた。先人のセンスに感謝……である。
滅んでいる噺を復活する時に心がけているのは、あくまでも「復《ふく》して活《い》かす」こと。聞いてくださる現代の人に「おもしろいやん」と思っていただき、寄席などの高座でポピュラーなネタとして演じてもらえるようにすることである。古い台本を骨董品のようにそのまま演じるという楽しみ方もあるかもしれないが、それは落語作家の仕事ではないように思う。旧に復する「復旧」や、元に復する「復元」は学者さんの大切な仕事だと思っている。
実にシンプルでバカバカしい噺だが、なぜか捨てがたい魅力がある噺であることも確かだ。現在は九雀さんから教えを受けた雀三郎門下の桂雀喜さんも持ちネタにしてくれている。

神だのみ

――落語の中の神様

速記……［青春篇］よむらくご（弘文出版）
CD……［初恋篇］THE雀三郎（EMIミュージック・ジャパン）

これまで、私の作品を演じてくださった落語家さんは東西合わせて六十人ほど。その中で最も数多くの作品を演じてくれたのが桂雀三郎さん。数えてみたら四十四席も演じてくれている。その多くがその時限りの「掛け捨て」という作品だから、まことに申し訳ない。ちなみに、第二位が枝雀さんの三十三席だ。

雀三郎さんといっしょに新作落語を創る「アルカリ落語の会」の活動からは、多くの風変わりな落語が誕生した。その中で、落語には珍しい「シリーズもの」がある。それが『神だのみ』である。

神様や仏さまの登場する古典落語はいくつか存在する。同じ清水《きよみず》の観音様が登場する噺でも『景清』のように観音様の霊験によって主人公が幸せな結末を迎える例もあるが、霊験のおかげで悲劇的な結末を招く『滑稽清水《きよみず》』のような皮肉な噺もある。この二席の内容については

「米朝らくごの舞台裏」と「上方らくごの舞台裏」に記してあるのでご参照願いたい。

一方神様のほうは、赤手拭稲荷が門前の荒物屋の老夫婦に与えた「売り物の草鞋が売れるたびに、あとからぞろぞろと無尽蔵に出て来る」というご利益を、「同様のご利益」をくださいと頼みに来た床屋の親父に応用したために、ヒゲを剃ったらあとからぞろぞろと新しいヒゲが生えてくるようになった……という『ぞろぞろ』が有名だ。落語の世界では神様であっても全能ではなく、どこか抜けているのが魅力的である。

落語に神様や妖怪を出すとオールマイティなので「なんでもあり」になってしまって、かえって説得力がなくなるおそれがある。神様にいかに魅力的な「人間性」……この場合「神様性」か？……を与えることができるかが重要なのである。

『神だのみ』シリーズに登場する神様は、いずれも実にたよりない神様で、文句を言うと「そんなこと言うても、神様かて間違う時もあるよ！」などと逆《さか》ねじをくわせかねない連中なのである。このキャラクターは雀三郎さんならではのもので、この「神様のキャラ」を手に入れたことは大きな財産になった。

第一作目は一九八五年九月十二日に大阪の太融寺というお寺で開かれた第十八回「雀三郎の会」で上演された『神だのみ』。我々の間では『元祖・神だのみ』と呼ばれている作品である。

弱い博奕打ちが酒に酔って我が家で寝ていると、押し入れの中から妖しい男が現れる。事情を聞いてみると、この男は神様なのだと言う。近所に祠があるのに誰もお詣りに来ないのでくさっていたところ、博奕打ちが祠の賽銭箱の上に手土産の寿司折を置き忘れたのをお供えを上げてくれたと思いこんで、あまりの嬉しさにご利益を与えにやって来てくれたというのだ。喜んだ博打打ちが

「明日の賭場でわしの目を出してくれ」

と頼むと、翌日の賭場で博奕打ちの目玉が飛び出してくる。その晩に再び現れた神様に苦情を言い

「節季で使う金を出してくれ」

と頼み直す。すると翌朝、自宅の前には『節季』ならぬ原始時代の『石器』のお金が置いてある。文句を言うといろいろと理屈をこねて言い訳するので、

「あんた、いったい何の神様やねんな？」

とたずねると、なんと風呂桶の神様とのこと。

「ああ、それで言う(湯)ばっかりや」。

次にこしらえた『現代篇』は八七年一月十七日初演。現代の地方の村でのお噺。町から引っ越しして来た男がなにげなく神社にお賽銭を上げたところ、村中の神様がご利益の押し売りにやって来るという展開の一席。

三つめは『青春篇』。世界史のテスト前夜の大学生がどうしても暗記できずに苦しんでいる。机の引き出しの奥から出て来たお守りを拝むと神様が出てきたので

「とりあえず教科書を全部、丸暗記させてください」

と頼む。神様は

「一度、教科書を読んだら全部暗記できるようにしてやる」

と約束して消える。教科書を読むと確実に記憶できている手ごたえがあり、喜んでいると、いよいよテスト当日。

「ポツダム宣言の意義について述べよ」

という出題に意気揚々と答えを書こうとするが、まず記憶に出てきたのは

「旧石器時代は……」

という文句。つまり、おぼえた順番にしか記憶が出てこないのだ。テストの終わったあと、友達が

「できたか?」

とたずねるので、大学生は

「時間切れやった」

「時間切れて、九十分もあったのに?」

「うん。産業革命のところで時間切れになった」

この噺はSF作家の堀晃先生、かんべむさし先生と一杯飲んでいる時に、堀先生が「記憶が頭脳の中に堆積していつまでも消えずに残ってしまうという病気があるんやけど、これ、小佐田さんやったらどう料理する？」

と言ってくださった。その時、座興で
「そうですねえ。落語やったら、受験生が神様にお願いして……」

とアイデアを申し上げたのがきっかけで一席の噺になったものである。八八年二月二十七日の初演で、のちのち「米朝一門会」などで持ち時間の短い時によく演じてくれている。

四つめの『初恋篇』は同じ年の六月十八日に初演。同級生の女の子に恋患いしている男に、友達が「縁結び」のお守りをくれる。お守りに願いをかけると「愛のキューピッド」を自称する神様が登場。恋を成就するためのアイデアを出してくれるが、どれも成功するとは思えない。主人公が文句を言うと「自分は植物専門の神様で、人間のとりもちは得意ではない」と言いだす。お守りをよくよく見ると「縁結び」ではなく「緑《みどり》結び」と書いてある。それでも、神様は「わしが相手の娘の前に現れて、おまえと結婚するように言うてやる」と自信たっぷりに言う。

「植物専門やのに、いきなり結婚申し込んで効果がありますか？」

とたずねると、神様
「心配すな。求婚（球根）は得意の分野じゃ」

このシリーズの中ではCDにもなっていて最も上演頻度は高いかもしれない。ただし、中で好きな女の子の家に電話をかけて呼び出してもらおうとすると父親が電話口に出るというシーンがあるのだが、スマホ全盛でひとりひとりが電話を持っている現代とはズレてしまった。現代ものを作ると、このようにすぐに時代に置いてきぼりをくらうのでメンテナンスが必要になる。

六作目は『筑豊篇』。ここまでくると小説『青春の門』に挑戦する勢いだ。これは筑豊弁をしゃべる神様が登場するという噺。この噺を作ったのは九〇年の五月だが、このころ、雀三郎さんを座長とする「アルカリ落語の会」は私の福岡の友人たちが世話をしてくれる落語会に呼ばれて毎年のように公演を行っていた。何度もうかがっているうちに、言葉も耳になじんできたこともあって、そんな思い切った台本を書いたのである。友人に言葉をチェックしてもらい、また、本職の「歌手」としての耳も持っている雀三郎さんだけに、筑豊篇のイントネーションも立派なものであった。

舞台は北九州の大衆演劇の小屋。連日の不入り続きで小屋主から一週間以内に客席が満員にならないようなら小屋は閉館、一座は解散……と引導を渡されてしまう。座長と座付き作者が途方に暮れていると、そこに見知らぬ筑豊弁の老人が現れる。この老人こそ小屋の神様で客を集めることと、大ウケする台本を書くことを約束して姿を消した。翌日、開演二時間半前から小屋の前にはお客の行列ができており、早い目に開場したところ客席は大入り満員。そこで上演したのが神様作の『名月オリブ山』キリスト召し取りの場というイエス・キリストが捕縛される芝居で客席は大ウケ。鼻高々の神様に事情を聞いてみると、客席を埋めていたのは北九州中の神様で、日本の神様だけにキリストが捕まる話は大好きなのだという。喜んだ座長が「久しぶりでええ気分でお芝居させてもらいました。あんたのお仲間くらい芝居のしやすいええお客さんは居てまへんなあ」と言うと、神様

「そりゃあ、ええ客のはず。お客様は神様ですばい」

三波春夫先生のフレーズが生きている間は通用するサゲである。

そして七作目にして最終作は『風雲篇』。九七年九月に書いている。選挙を扱った噺で、落選ばかりしている候補者・大前田留五郎が、有権者に電話したところ番号を間違えて神様につながってしまった。この神様、河内の出身で第一回の衆議院選挙で板垣退助を当選させたのが自慢だという。その言葉を信じて頼んでみると、中高年層の男性中心に人気が出てくる。「これは当選するかも！」と喜んだ大前田は、祝賀会の準備をするのだが今回もみごと落選。神様に文句を言うと、「板垣退助を当選させた選挙以来、久しぶりやったさかい、二十五歳以上で

税金を十五円以上納めている人の票だけを集めてしもたんや。この次は必ず通したるさかい、次回の当選の前祝として『かんぱーい！』ちゅうやつをわしにやらしてくれ」としつこくたのむ。あきれた大前田が「あんた、よっぽど乾杯の音頭とるのが好きですねんな？」と言うと、神様「わし、河内の神様やんけ」

ここから「河内音頭」になって

「〽音頭とるのは大好きよ……」というのがサゲ。つまり、乾杯の音頭と『河内音頭』を掛けているわけである――サゲの説明くらいむなしいものはない。一度だけ演じられた幻の作品である。

このほか、五作目として『望郷篇』が八八年十月に初演されている……という記録があるが、さて、どんなストーリーだったのだろうか？　全くおぼえていないし、台本も見当たらない。「おぼえていない」などと無責任な政治家みたいなことを言うとお思いになるかもしれないが、当時執筆に使っていたワープロが使えなくなり、フロッピーディスクの中には残っているのだが確認できないでいるのが実情なのだ。いずれ、時間ができたら幻の作品をフロッピーの中から呼び出してやりたいものだと思っている。それとも、フロッピーを振ったら古い台本がぞろぞろと出てくるようなご利益を神様にお願いしてみようかしら……。

猫

――ペットの了見

速記……茶漬えんま（コア企画出版）
上方落語桂枝雀爆笑コレクション⑤
（ちくま文庫）
CD……枝雀落語らいぶ⑲（東芝EMI）
枝雀落語大全㉞（東芝EMI）
DVD…枝雀落語大全㉘（東芝EMI）

ある日、飼い猫のゴローがおしゃべりできることに気がついた前田さん。いろいろ会話しているうちに友達になり、ゴローが「友達になったのだから、キャットフードではなく、お魚を食べさせてください」と頼むので買って来ることを約束する。ところが前田さんは夢を見たと思い、さらに翌々日は幻覚だと思って二日連続で魚を買わずに帰宅してしまう。ゴローの抗議を受けた前田さん、「明日こそ必ず買って帰る」と約束して、その翌日はアジの開きを買って帰った。ところが、ゴローは「二度も約束を破ったのにアジですか。ここは誠意を見せるためにも鯛のお造りを買ってくるのが本当じゃないんですか」と文句を言うので喧嘩になってしまう。怒ったゴローは「もう、あなたとは口をききません」と宣言する。その翌朝、反省した前田さんは猫の機嫌をとろうと「きのうはちょっと言いすぎた。ごめんなさい。せっかくお友達になれたんやから、おしゃべりしてくださいよ」と話しかけるのだがゴローはものを言おうとしない。その様子を階下で聞いていたアパートの管理人のおばさんが「前田さーん。さっきから、なに『ニャーニャー』言ってるの？」

○　○

大阪南御堂の同朋会館で枝雀さんが「フリー落語の会」と題した実験の会をスタートさせたのは一九八五年六月のこと。「フリー」というのは「フリージャズ」から取った名前で、ストーリーにとらわれることなく、なんの準備もなく心の赴くままにしゃべってみようという発想である。第一回からしばらくの間は高座に上がった枝雀さんが、お客様からきっかけの一言をいただいて、そこから落語を始めるというスタイルだった。なんの準備もなく、いきなり物語をこしらえながらしゃべるというのはたいへんなことで、演者はもちろん、聞き手にもかなりの緊張を強いることになる。いかに実験的な試みとはいえ、お客様に負担を与えたのではなんにもならない。そこに気がついた枝雀さんは、おおまかな筋立だけを考えておいて、台詞を即席でこしらえてみよう……ということに落ち着いた。この会からは四席の新作落語が誕生している。

私も開演前の楽屋にお邪魔して、枝雀さんが最近思ったことや、体験したこと、聞いた話などを話題に雑談をしながら噺の原形をこしらえるお手伝いをさせてもらった。

まずは、枝雀さんと私の共通の知り合いのOさんからうかがった、ケガをしたとんびを育てた話をもとにしてこしらえた『とんび』。その次にできたのが、この『猫』だった。初演は八五年十月九日の「フリー落語の会」である。

この噺にもモデルがある。当時、我が家で飼っていた雑種の白猫で、名前を「ニコバン」という。名前の由来を問われると「帝政ロシアの時代、ニコバン三世という王がいて、その王が猫を愛し、宮殿に三千匹の猫を飼っていた……という伝説による」と答えていたが、実はそんな話は真っ赤な偽り。名前の由来は、「ニコバン」の上に「ネコ」をのせてみるとよくわかる。「ネコ……ニコバン」→「ネコニコバン」→「猫に小判」というただのダジャレである。枝雀さんはこの名前が気に入って、この噺の主人公の猫を「ニコバン」の名前でやっておられた時期もあった。

猫のしゃべる言葉は最初の台本では大阪弁にしていたのだが、枝雀さんが独特の猫言葉に変えてくれた。

私の書いた原作では、しゃべらなくなっていたゴローが、ある日、一匹の雌猫を連れて帰って来る。喜んだ前田さんはゴローに

「おまえ、嫁さんを連れて来たんか？」

と言ったあと、雌猫に

「あんたのエサ代くらいなんとかしたるさかい、仲良う暮らそうやないか」

と声をかけると、雌猫が顔を上げて
「おじさん。どうぞよろしゅうお願いいたします」
というハッピーエンドだったが、すぐに枝雀さんのSR『犬』を猫に置き換えてこのネタのサゲにしてくれた。
猫がものを言うという設定は漱石の『吾輩は猫である』をはじめとして、いろいろと存在する。確かに猫という動物は、いかにもものを言いそうだ。うちのニコバン嬢は十七歳まで長生きしたのだが、前脚二本を揃えて襖をスッスッと開けるという小笠原流の心得があった。そして、たまにこちらでしゃべっていると返事をした……ような気がした。ほかにも同じ思いの人は多いようで、SF作家の小松左京先生にこの噺をお聞きいただいたところ
「うちの猫も『お魚、ください』て言いよるで」という貴重な証言を寄せてくださった。
現在は落語界一の猫好きと評判の高い桂米紫さんが演じてくれている。枝雀さんの理論派の牡猫ではなくて、高飛車なのにかわいい「ツンデレ」の雌猫に置き換えている。こちらの型も実におもしろいので、ぜひとも米紫さんの高座でお楽しみいただきたい。
ものを言わない動物や道具にものを言わせるというのも落語の手法のひとつである。飼っているペットの「了見」になって世間を眺めて見ると、新しい発見があるかもしれない。

死人茶屋
――同じ題で競作

皮肉な遊びをしては芸者や幇間を驚かすのが趣味の旦那。ところが、なじみの芸者の中に一人だけ、どんな手を使っても驚かずに「ふん！　しょーもない」とバカにする生意気な女が居る。なんとか、この芸者を驚かせてやろうと考えた旦那は、自分が急死したことにして、「仏の遺言でお茶屋で葬式をすることになった」と座敷に棺桶を持ち込む。中では旦那が息をひそめていて、生意気な芸者がやって来たら棺桶から飛び出し、芝居で使う幽霊火を幇間が飛ばして驚かせようという段取りだ。いよいよ芸者がやって来たので、棺桶から飛び出すと芸者は本気で驚いて目をまわし、そのまま息を引き取ってしまう。幽霊火がいつまでも飛んでいるので、旦那が「もう幽霊火はいらん」と言うと幽霊火を飛ばしているはずの幇間が「焼酎が無うて幽霊火を飛ばすことができませんでした」と詫びに来る。「ほたら、あの幽霊火は？」と驚いていると、旦那のそばへ幽霊火がスーッと寄って来て「ふん！　しょーもない」。

サゲはまるっきり『悋気の火の玉』である。

○　○

落語を書き始めて数年たったある雨の日。先代桂歌之助さんの会の楽屋にお邪魔したところ、お二人のＳＦ作家の先生が遊びに来ておられて、ご挨拶をさせていただいた。ひとりはかんべむさし先生。もうおひとりは

「ＳＦを張っております堀晃と申します」

と自己紹介してくださったのを今でも憶えている。私、いまでこそサイエンスの「サ」の字とも縁のない暮らしをしているが、落語にハマる以前の中高生のころはＳＦ大好き少年で、小松左京、星新一、筒井康隆といった作家の作品を読みあさっていた。その中で一番衝撃を受けたのが『イカルスの翼』という短編で、作者の名前が「堀晃」だった。なぜ印象に残っていたかというと、私の「あわよくばＳＦ小説を書いてみようか」という身の丈にあわない野望を「こんな凄いスケールの作品を書く人が居るのだから、自分が書いても無理！」と打ち砕いてくれた作品だったからである。

堀先生とかんべ先生は、歌之助さんの会だけでなく弟弟子の桂吉朝さんとも交友を深めていった。アイデアマンだった吉朝さんは、この二人の「センセ」を客席に置いておくのはもったいないと考えた。そこで、最初に考えたのが「三題噺」。普通の「三題噺」はお客さまからい

ただいた三つの言葉を折り込んで落語家自身が作って自分で演じるという型なのだが、今回はバックに三人の作家が付いてやってみようというのだ。
前座が一席演じたあと、主役の吉朝さんが登場。「三題噺」の趣旨を説明すると、早速客席から三つの題をいただく。吉朝さんが長めの落語を一席演じている間に楽屋に控えている作家たちが知恵を出しあって一席の落語をこしらえる。吉朝さんが高座から降りてくると完成した台本を渡して、中入休憩の時間と助演の一席の間に吉朝さんがおぼえて高座で披露するという段取りである。
時は一九八四年十一月二十六日。場所は大阪北浜にあったコスモ証券ホール。会のタイトルは「桂吉朝学習成果発表会」。当日の楽屋にはなんとも言えない緊張感が漂っていた。趣向をするからには失敗することは許されない。かんべ先生は楽屋の中を歩き回り、堀先生は茶碗で焼酎をあおっていた。吉朝さんが客席からいただいたお題は「ゴジラ」「貯金箱」「レンコンの天ぷら」。このバラバラで気も狂わんばかりのお題をもとに『ゴジラの恩返し』という一席の噺をしたてあげた。高座を降りて来た吉朝さんに台本を渡そうとすると
「読んでるヒマない。口で言うて!」
私が台本の内容を読み上げるのを吉朝さんは
「うん……なるほど……それから?」と言う調子で聞きながらおぼえていった。噺の内容と当

日のドキュメンタリーはかんべむさし著『笑い宇宙の旅芸人』に収められているのでご一読願いたい。

第一弾の成功に気を良くした我々は、その翌年十一月二十八日に開かれた独演会にも趣向を仕掛けることにした。今回は、題名だけ残っていて内容がわからない噺を、作家三人が三様の落語として「復活」させようという企画である。その時にできたのが『死人《しびと》茶屋』だ。そのタイトルを米朝師匠に決めていただこうということになり、使者の大役を任されたのが吉朝さん。師匠のご自宅にうかがい、師匠のご機嫌のいい時をみはからって『耳なし釘』、『死人茶屋』などの謎のタイトルを聞きだしてきてくれた。後にうかがうと、米朝師はご自分がそんな題名を吉朝さんに伝えたことをすっかり忘れておられた……というよりも、酔っぱらっておぼえておられなかったようである。

私が古典落語風の『死人茶屋』を書き、かんべ先生は怪談噺『死人茶屋』を書いた。

かんべ版の粗筋をご紹介しておこう。加賀の金沢に仕事で出かけた大坂道修町の薬問屋の手代・喜助が雪の北陸路の栃ノ木峠で道に迷い、山の中を歩いて行くと灯が目に入った。そこは女郎屋で、目の覚めるように美しい女郎が現れて暖かい布団の中に招き入れてくれる。いよいよ……という時になって、いきなり見知らぬ男が部屋に入って来て「おまえ、そんなとこで裸になって何をしてんねん!」と声をかける。喜助は怒って追い返すが、男は「人を呼んでくるさかい、着物を着て待ってえよ。こんな墓原《はかわら》で裸になって墓石に抱き付いて何をしとんねん」と言い残して立ち去って行く。喜助は遊女に「あの男かて引き留めたら商売になったのに。なんであの男は引き留めへんかったんや？」とたずねると、遊女「そうかて、あのお方にはまだ、命の灯がともってましたもん」。

堀先生はスペースオペラ風『死人茶屋』をお書きになった。舞台が木星に向かう宇宙船の中になっており、NASAの長官の命を受けた宇宙飛行士の米やんが木星に行くことになった。コールドスリープで移動する間、退屈してはいけないのでコンピューターのアーサーに落語を聞かせてもらうことになった。木星からの帰り道、落語を聞き尽くしてしまった米やんは、コンピューターに「ほかに新しい趣向はないか」と注文する。アーサーは、落語のパターンを応用して「お茶屋遊び」をはじめる。無事に地球に帰還するが、米やんが起きてこないので様子を見に行くと、米やんは眠ったままでお茶屋遊びに興じている。つまり、死人が茶屋遊びをしているようなものだ。無理に起こしてみると、「どうした、長官。えらくご立腹だな」などといちいち落語口調で回答する。あきれた長官が「このシステムは問題なかったんか？　このシステムで、このあとどんどん送ってもええんか？」と質問すると、米さん「へい。おあとがよろしいようで」。……というスゴイ噺だった。途中、宇宙船が飛び立つシーンでは、上方落語の旅の噺で船が出発する時に演奏される〽○○浜から船漕ぎいだす……という曲の文句を〽宇宙基地から船漕ぎいだす……と変えて下座さんに歌ってもらうという「お遊び」も入れて、拍手喝采をいただいた。

私のオーソドックスな古典風の落語を聞いて、かんべ版の怪談噺で締まったあと、堀版のナンセンス噺で爆笑する……という構成は効果的であったと思う。

吉朝さんはどの噺にも、冒頭に「一席『死人茶屋』というお話を聞いていただきますが」というフレーズを付けてからスタートしていた。これも「合わせる」という趣向である。

この時の企画のタイトルが「腕競同題異話《うでくらべどうだいいわ》」。考えてくれたのはかつて広告代理店に勤めておられたかんべむさし先生であった。

そして、三年目の八六年十一月二十八日の独演会で作ったのは長さだけでも『地獄八景亡者戯』を超えようという雄大な発想で作られた『月息子』という噺。しかも、その発端の部分を小松左京先生に書いていただくという無謀な企てだった。この時の台本は執筆が遅れに遅れ、サゲ部分の私担当の台本が完成したのは上演の三日前で、吉朝さんにどえらい迷惑をかけたことを憶えている。この噺の台本は『SFアドベンチャー』（徳間書店）という雑誌の八七年四月号に一挙掲載されている。

この趣向の落語会は三回で終了したが、作者付き三題噺はその後、何度か挑戦させてもらった。しかし、完成度では最初の『ゴジラの恩返し』を上回る作品はできなかった。最初の緊張感が「奇跡」を起こしたのではないかと思っている。

全くゼロから創作するほうが楽なようにお思いかもしれないが、「三題噺」のように何か手がかりがあるほうが実は発想するのは楽なのである。いだいた「お題」を入れることで、お客様は中身のグレードはともかく「よう入れた」ということで堪忍してくださる。それでさらに内容が良ければもっと喜んでいただけるということなのだ。但し、最低の水準の作品を作ることが絶対条件であることは当然である。

『死人茶屋』を例にとると、「死人」と「茶屋」の二題噺である。ということは死人の登場するお茶屋の噺にしなくてはならない。皮肉なお客がゲンを気にしているお茶屋に葬式の列をつくって乗り込んでくる『けんげしゃ茶屋』のような噺をまず想像した。その次には『地獄八景亡者戯』のようなあの世を舞台にしていて、死んだ人たちがあの世のお茶屋で遊ぶという趣向の噺も考えた。江戸では冥途の吉原に遊びに行く『幽女買い』という噺もある。

そこで、葬列を茶屋の前まで連れて来る『けんげしゃ茶屋』の趣向をエスカレートさせて、お茶屋で葬式をあげるという設定にした。あとは、その趣向に逆らう芸者のキャラクターを決めた段階でストーリーはほぼ決まった。サゲについては、いろいろとひねくりまわしてみたのだが、『悋気の火の玉』のサゲに勝るものが作れないまま現在に至っている。いずれ、よりよいサゲが思いついたら取り換えたいと思っている。

八五年の初演のあとは、翌八六年の三月に「創作落語の会」で再演され、同年の八月二十四日に大阪府吹田市のメイシアターで開かれた第二十五回日本SF大会大阪大会……通称「DAICON5」での「SF と落語・関係と無関係」という催しでかんべ版、堀版とともに三席セットで上演されたあと、高座には掛けられていなかったが、近年、ごくたまに吉朝門下の吉坊さんが演じてくれる小品である。

ねずみ
――アマチュアの知恵

　岡山の宿《しゅく》に差し掛かった一人の職人風の男。宿外れで客引きをしている子供に勧められて「ねずみ屋」という貧相な宿《やど》に泊まることにする。宿屋の主人は足腰の立たない病人で、子供と二人で宿屋稼業を細々とやっている。事情を聞いてみると、ねずみ屋の主人は元は筋向かいにある「虎屋」という大きな宿屋の主人だったが、怪我のため足腰が立たなくなった後、後妻と番頭の陰謀で宿を乗っ取られてしまい、向かいにあった物置小屋を改築して宿屋をやっている。もともとは鼠の住家だった物置を宿にしたので「ねずみ屋」と名付けたという。話を聞いた職人風の男は、自分が左甚五郎であることを明かし、客寄せのためにねずみの彫物を作り、再会を約束して旅立って行く。そのねずみを盥の中に置くと、どういう仕掛けか動きまわるので大評判になり、「ねずみ屋」は商売繁盛。反対に「虎屋」のほうは悪い評判が広まって閑古鳥が鳴く始末。そこで、後妻と番頭は甚五郎と対立している彫物師・北村某に頼んで虎を彫ってもらい、甚五郎のねずみを見下ろす位置に据える。すると、ねずみはぴたりと動かなくなった。その旨を甚五郎に知らせると、早速やって来て、虎屋の虎を見るがたいした作品ではない。不思議に思った甚五郎、自分の作ったねずみに「あんな虎が怖いのか?」と声をかけると、ねずみ「えっ! あれ、虎ですか? 猫やと思うてた」。

〇 〇

東京落語を輸入したものである。六代目三遊亭圓生師や三代目桂三木助師の高座をもとにしているが、東京型との大きな違いは宿屋の主の想い出話を地の文を省いた「劇中劇」ならぬ「噺中噺」にしたこと。この型は、東京でも演じている方もおられたのかもしれないが、私は福岡でアマチュア落語をやっている粗忽家勘朝さんという人の演出で知った。そこで、勘朝さんにお断りして先代の桂歌之助さん用に書きなおしたわけである。

例えば、ねずみ屋の主人の卯兵衛が身の上話をするくだり。三代目三木助師の高座では卯兵衛「一軒おいて隣に生駒屋という旅籠屋がございまして、こりゃァあたくしとは子供のうちからの喧嘩友達でございまして、見舞いに来てくれまして『おい、卯兵衛』……あたくし卯兵衛と申します……。『卯兵衛、おまえ、子供の体を見てやったことはあるか? 腰の抜けているのは知っているが、了見まで腑抜けになっているとは知らなかった。おまえみたいな者とはもう付き合いをしないからな』……そのまま畳を蹴立てて帰りましたな。あたくしは、『おい、生駒屋』と声をかけましたが、腰は立ちません。ああ、妙なことを言ったな、気になることを言ったな、と思っているところへ寺子屋から倅が帰って参りました」

という具合に、卯兵衛の台詞に「ト書き」に当たる説明の台詞が入る。最初に聞いたときから、説明が長いなあ……、なんだかもたつくなあ……という印象があったのだが、理由は「ト書き」の多さではないかと気づいたのは、勘朝さんの『ねずみ』を聞かせてもらった時だった。そこで「ト書き」を抜いて、話の順番も入れ替えてみた。例えばこんな具合に……

卯兵衛「私の小さい時分からの友達でございますが、同じく宿屋を営んでおります分銅屋が血相を変えて飛び込んで参りまして『おい、卯兵衛!』……あ、卯兵衛と申しますのが私の名前で……。

『おい、卯兵衛。おまえが足腰の立たん病人やちゅうことは知ってたけどな、いつから土性根までが腰抜けになったんや?』

『なんや、おまえ、藪から棒に』

『藪から棒やないわい。あの虎屋の店をなんで辰蔵に譲ったりしたんや?』

『わしゃ、譲ったおぼえはない』

『おぼえがない？　なんかしやがんねん。あいつらの仕打ちがあんまりひどいさかい、わしゃ、むこうへ応対に行って来たんや。「おい、あんたらどない思うてるか知らんけどな、この虎屋の主はな、向かいに住んでなはる、あの卯兵衛さんやで」とこない言うと、番頭の辰蔵が鼻の先で三文がんほど笑いよって「これはこれは、どちらさんかと思いましたら分銅屋さんでございますか。よその店の事まで口をはさんでいただける。お宅はよっぽどお暇でございますなあ。店にはそれぞれ事情というものがございます。ただ今、うちではこういうことになってますのや」と出した書付見てびっくりしたで。……虎屋の今後一切は辰蔵に譲り渡すものなり……。なんで、おまえ、あんなもん書いたりしたんや？』

『そんなもん、書いたおぼえがない』

『おぼえがない……ておまえ、しまいのところに虎屋卯兵衛、ご丁寧に印形《いんぎょう》まで押したあったやないかい。おまえ、なんで判なんか押したりしたんや！』

『判？　それやったら押してない。わしには押されへんねん。判やったらお紺が持ってる』

『お紺……。それで知れた。お紺と辰蔵はできてるで』

『あのなあ、病人前にしてええかげんなこと言うんやない』

『なにがええ加減や！　それやったら言わせてもらうけどなあ、おまえとこの三度の飯。二度が一度になって、来んようになったことがあったやろ?』

『それは店が忙しい……』

『あの時なあ、卯之吉が応対しに行きよったんや。「ごはんがまだですけど、どういうことになってます?」。お紺が出て来て「そんなこと玄関先で言う人がおますかいな。裏へ廻んなはれ」。……主人の倅やで。台所へ廻しよったんや。卯之吉、子供や。なんにもわからへん。じーっと待ってる。店のほうはバタバタバタバタバタ忙しい。誰も応対してくれへんわ。「あの、ごはんのほう、どうなってます?」「まだ居ったんか! うちはごく潰しの病人や子供のためにそんなことしてる暇はないんや。帰んなはれ!」。ボーンと突きとばされよった。よっぽどくやしかったんやろ。ここへ戻って来られへん。雨のショボショボショボショボ降る日や、わしが用足しすまして自分の店へ帰って来たら、裏口に卯之吉、立っとんねん。頭から足の先までぐっしょりや。「卯之吉、どないしたんや?」「おっちゃん……」て言うたきり、あいつようもの言いよれへんねん。それから三度三度の飯はうちから運んでんのん、おまえ、知らんやろ?』

『ほんまかいな? そら、知らなんだ』

『知らんはずや。卯之吉が「これだけはおとっつあんに言わんといてくれ。おとっつあんに知られたらかわいそうや」て言うから、わしゃ今まで黙ってたんや』

『そらあ、すまなんだな。……しかし、お紺に限って……』

『まだそんなこと言うてんのか！　ほな、おまえに聞くけども、おまえ、卯之吉の体、見たことあるか？』

『どないぞなってるか？』

『同じ屋根の下で暮らしてるのに、たよんないこと言うとんなあ。（奥を見て）……卯之吉。居てたんかいな。こっち来い。こっち来て、着物脱いでおとっつあんに体見せたれ』

『……寒い』

『寒いて言うてる時候やあらへんがな。着物脱いで体見せたれちゅうねん』

『卯之吉、こっちへ来い。こっちへ来いちゅうたら、こっちへ来い！（卯之吉の着物を脱がして）……どないした、これは？　青あざ……擦り傷……。誰がしよったんや？』

『ちゃうねん。これ、旭川の河原で遊んでたらな、土手のてっぺんからズルズルズル……』

『なにを言うねん。子供の遊びでできる傷やあらへん。誰がしよった？　誰にされたんや？　言うてくれ。言うてくれて！　言わんのかい？　言えんのかい！　おまえまでが、おとっつあんを馬鹿にすんのか？』

『……ほんまのおかあちゃん、なんで死んだんや！』

『（卯之吉がお紺にいじめられたことを悟り）……お紺か？　すまん！　おとっつあんに甲斐性

がないばっかりにおまえに苦労かける。分銅屋。よう教えてくれた』『礼やったら卯之吉に言うたれ。こいつうちへ来てどない言うたと思う？「ただごはんよばれてるだけやったら、乞食と変われへん。宿屋の商売して、虎屋を見返してやりたい。おっちゃん。商売、教えとくなはれ」と、こんなこと言いよったんやぞ』『……卯之吉。やるか？　おとっつあん、こんな体や。おまえ、まだ子供や。それでも……やるか？　するか？……そうか。それやったら分銅屋。万端よろしゅう頼む』……とこういうわけでございます」

ラストの一言で、卯兵衛の物語であったことがわかるという仕掛けだ。リアルに考えると、卯兵衛が落語家のように演じ分けて語るのは不自然……ということにもなろうが、聞き手に内容を知らせるためには効果的な方法だと思って、この型を採り入れたわけである。卯兵衛の台詞の中に分銅屋の台詞が入り、さらに分銅屋の台詞の中に辰蔵と卯之助の台詞が入る入れ子構造になっているので、いささか複雑で煩雑に思えるのだが、実際に高座で聞いてみると自然にストーリーが入ってくる。

ちなみに舞台を仙台から岡山に変えたのは、先代歌之助さんが岡山の生まれだったからで、甚五郎のライバルとして登場する「北村」という職人の名前は歌之助さんの本名を拝借した。

この噺を教えてもらった真面目な若手が、「北村」という職人の素性を調べてみたところが、どうしても正体がわからなかったというのも無理ないのである。

この噺は、初演が一九八六年二月十三日。大阪の太融寺というお寺の座敷で開かれた「歌之助やけくそ五日間」という五日連続独演会の高座であった。

その後、先代歌之助さんからお弟子さんの現・歌之助さんをはじめ、吉弥さん、よその一門でも桂梅團治さんら多くの若手に広まっている。

義太夫や浪曲の人気をアマチュアが支えた時代があった。それと同じように、プロにならずに、楽しみとして落語を演じたり寄席囃子を演奏して芸能を周囲から支えてくれる人たちを何人か存じあげている。そんな方の自由奔放な高座から、教えられることもある。この噺のアイデアをくれた勘朝さんも福岡市の小学校の教師で、「内浜落語会」というアマチュア落語のグループまで作ってくれた……という大功労者である。

はずみでプロになってしまった自分としては、アマの方たちの「プロにならなかった勇気」を讃えたいと思うのである。

ロボットしずかちゃん
——しゃべる機械たち

速記……上方落語桂枝雀爆笑コレクション④
（ちくま文庫）［日本語］
落語で英会話（祥伝社黄金文庫）［英語］
CD……桂枝雀英語落語（東芝EMI）［英語］
枝雀落語大全㊳（東芝EMI）［英語］
DVD…枝雀落語大全㊳（東芝EMI）［日本語］

新しい電化製品が大好きな姉の家の留守番を頼まれたとおるくん。部屋の中にある冷蔵庫やトースター、ベッド、時計、エアコン、お燗ポットなど、いろんな電気製品のアラームがしゃべりだすので往生する。そこへ姉が機械たちを静かにさせる新しい機械を買って帰って来る。小さなロボットで名前は「しずかちゃん」。「しずかちゃん」は騒いでいる機械たちの中に入って行き、はじめは小さい声で「みなさん。静かにしましょうね」と説得しているが次第に声が大きくなって、ついには大音声で「こらーっ！　ええかげんに静かにせんかーいっ！」。

〇　　〇

「フリー落語の会」の楽屋を訪れると枝雀さんの七番弟子の桂む雀さんの車が「半ドアです」などとものを言う……という話題で盛り上がっていた。私もうちの姉の家にピラミッド型の時計があって、ピラミッドのてっぺんをポンと叩くと「八時三十二分です」というように時刻を知らせてくれる。「八時」まで言ったところでてっぺんを続けてポンポンポンとたたくと「八時……八時……八時……」となかなか「三十二分」が言えない……という話をさせてもらったところ、枝雀さんがおおいに喜んで

「これ、落語になりまんな」とその場でストーリーを考えることにした。

いまでこそ機械がものを言うのは当たり前のようになっているが、八〇年代の半ばには近未来の物語だったのだ。この作品でものを言うのは冷蔵庫、トースター、ベッド、時計、エアコン、お燗ポット、電子レンジ。ベッドは横になると子守歌を歌いはじめ、お燗ポットは燗がつくまでの間、歌を歌ってつないでくれるというサービス付きである。ただし、冷蔵庫は「ドアを閉めてください！」、トースターは焼き上がると「温かいうちに早く食べてください！」などと口うるさく小言を言う。機械を使っているつもりなのに、いつの間にか機械に使われている世相を批判して……などと理論づけをすれば格好いいのだが、それは結果論。ただただ、「どうすれば主人公を困らせることができるか？」を追求した結果なのである。われわれが先取りするアイデアなど、すぐに時代に追いつかれて追い越される。これが現代ものの新作を作る際の一番の悩みである。

生き物でない機械がしゃべる台詞をどう書くか……というのが一番の問題だった。台本を書くにあたって、まず考えるのが登場人物のキャラクター。性別、年齢、職業、性格などを考え

て、それらしい台詞を選んで書き始めるのが常なのだ。今までも犬や猫、狐や狸の台詞は書いたことがある。しかし、機械ですよ、機械！　参考になるのは、たとえて言うなら映画『2001年宇宙の旅』に出てくる人工頭脳ハルの調子……というと大層に聞こえるが、要するに棒読みで無感情なトーンの口調のことである。

いろいろ考えているうちに、枝雀さんが

「機械の言葉ちゅうたらシンプルなフレーズでっしゃろ。と言うことは、これ、日本語でやるより英語のほうが合うてんのとちゃいますか？」

とおっしゃって、英語への翻訳も同時に進めることにした。英語にするのは私の役目ではなく、当時、枝雀さんが通っていた英会話教室・HOEインターナショナルの山本正昭先生の役である。そして、英語版『ロボットしずかちゃん』の台本が完成した。「しずかちゃん」……英語でいうと"Little Miss Quiet"というかわいい名前を付けてくれたのは枝雀さんである。そして、機械たちは発言する前に「ニーニーニー」というかわいい警告音を出すという演出も考えてくださった。

東西で何席の新作落語が上演されたかは知らないが、英語で初演された噺というのはこの噺をもって嚆矢とする。一九八六年三月二十四日、大阪の厚生年金会館中ホールで開かれた第二回「桂枝雀英語落語会」でのことだった。その時の高座がCDに収められている音源である。

そして、その二年後の八八年四月には、なんと「New Creative English」（第一学習社）という高校一年生用の英語の教科書にダイジェスト版が載るに至った。学生時代、決して英語が得意ではなかった私にとっては、なんともくすぐったい「事件」であった。

日本語版の『ロボットしずかちゃん』は短編なので、枝雀さんも米朝一門会やテレビ収録などで時間のない時に軽く演じてくれていた。

化物つかい
——三人の演者

人使いの荒い男。引っ越しの当日だというのに労働は女房と手伝いの友達にやらせて、自分は勝手な指図ばかりしている。一段落したところで、女房が風呂屋に出かけたが、しばらくすると血相を変えて帰って来た。風呂の中で近所の女房連中が「また、あの化物屋敷に新しい人が越して来たらしいで」と噂をしていたというのだ。「その化物屋敷てうちとちがうのん?」と女房がたずねると男は「ようわかったな」と平然としており、あきれた女房は亭主を残して実家に逃げ帰ってしまう。男が夜中に目が覚めると、部屋の隅に小坊主が立っている。顔を見ると、これが一つ目小僧。男はそれでも驚く風もなく、小坊主に洗いものをさせたり、肩を叩かせたりして、さらに用事を言い付けようとすると、小坊主は消えてしまう。その次の夜、今度は三つ目の大入道が現れたので、屋根のペンペン草を抜かせたり、石灯籠の位置を変えたりと体力仕事をさせていると、いつの間にか消えてしまう。その次の夜はのっぺらぼうの女で、つくろいものをしてもらうが、次々用事を言うので消えてしまう。その次の夜、化物がなかなか出てこない。待っているといつの間にか縁側に大きな狸が肩で息をしながら座っている。「早うなんぞに化けて仕事をせんかい」と言うと狸は「堪忍しとくなはれ」と泣き声をあげる。男が「おまえもうちの嬶と同じように『人使いが荒い』て言うんやろ」と言うと、狸「いいえ、あんたは化物使いが荒い」

○　○

東京落語をもとにして上方化した作品である。

最初は一九八六年九月に桂吉朝さんのために書かせてもらった。東京型と同じく田舎から出てきた権助が人使いの荒い旦那の家に住み込むという設定であるが、吉朝型では冒頭に口入屋店先の場で番頭が求職者に訳ありの奉公先を紹介するというくだりをプラスした。そこで権助が人使いの荒い家を紹介してもらい、こき使われるくだりがあってから化物屋敷への転宅となるので、いささか時間がかかる。この吉朝型は現在、門下の吉坊さん、吉の丞さんが伝えてくれている。

その後、桂南光さんに書かせていただくにあたって、吉朝さんと同じでは曲がないと思い、奉公人と旦那の関係を女房と亭主に置き換えてみた。

夫婦にしておくと転宅した場面から始められるので、いきなり噺の主題に入ることができる。

そして、夫婦という運命共同体にすることで、「人使いが荒い」とぼやきながらも同居しつづけている理由になる。展開は同じなのだから、せめてどこかで上方の特色を出しておかないと、本家の東京落語にも申し訳ないと思って変えさせていただいた。

　登場する化物は東京と同じ一つ目小僧と大入道とのっぺらぼう。この人選はベストだと思う。いずれの化物も台詞は一言もしゃべらない。全部、主人公のひとりしゃべりで処理するのも原作どおりだ。

　吉朝さんと、文楽と落語がコラボするならどのネタがいいか……という話をしていたとき、私がこの噺を候補に挙げ、太夫さんに化物の台詞を語ってもらったらどうかと提案すると
「なに言うてんねんな。これは、化物が一言もしゃべれへんとこがシャレてんねがな」

と一蹴されたことをおぼえている。なるほど、落語家の言葉と視線の動きだけで想像するほうが、具体的な人形や絵を見せられるより自由に遊べるわけだ。

　南光さんに書かせてもらったあと、鶴瓶さんからも
「『化物つかい』、なんとかなりまへんか？」

という相談をいただいて改作を試みた。ストーリー設定は南光さんと同じだが細部の言い回しや、持って行き方を鶴瓶テイストに変え、ラストも化物の正体を狸から「化物の束ねをしているキタロウ」とする「遊び」をプラスしている。

同じネタを別の演者に合わせてリライトするという作業は大変だけれど、やりがいのある仕事であることも確かだ。それぞれの演者に対する自分の「思い入れ」が確認できるからだ。この噺でも、吉朝さんの主人公は口やかましい年寄りの旦那というイメージだが、南光さんはまだまだ勢いのある中年男で、小坊主と大入道を叱り飛ばしてこき使い、のっぺらぼうの娘を養女にしようと持ちかける。そして、鶴瓶さんの主人公の口調にはどこか師匠の六代目笑福亭松鶴師の面影がある。

他に複数の演者さんに書かせてもらったのは『子は鎹《かすがい》』。南光さんとざこばさん、四代目桂春團治さんに書かせていただいた。

上方には熊五郎と寅ちゃんが同居していて、お花が一人で髪結いとして働いているという俗に『女の子別れ』という三遊亭圓朝原作の型がある。六代目笑福亭松鶴師とその一門はそちらのほうで演じているが、私が改作のお手伝いをしたのは東京型の『子は鎹』。

私がよく聞いていた東京型は夫婦別れして二年後、出入り先の番頭が熊五郎を迎えに来るくだりからスタートするのだが、改作するにあたって、その前の夫婦別れをする『子別れ』と呼ばれるくだりをごく短くアレンジして冒頭に付けた。そこで女房に

「寅ちゃんが大きいなった時に、『あんたのおとうちゃんはお酒さえ飲まなんだら立派な大工さんやってんで』と教えたいさかい、この古い金槌、いただけまへんか」

と言わせる。それに答えて熊五郎は
「嫌味なこと言う女やなあ」
とぼやきながらも金槌を与える。ここで、南光さん版では
「あほんだら。そら金槌やない。玄翁《げんのう》ちゅうもんや。大工の嬶してて、金槌と玄翁の区別もつかのんか。なんなと持って早いこと出てうせ！」
と叱りつけて追い出す。
この「金槌」を「玄翁」と訂正するくだりは、ざこばさんの台本には入っていない。ここで怒りを中断して言葉を訂正するのはざこばさんの「色」に合わないように思ったので、あえて省いたのだ。対して南光さんの場合は「勢い」より「理」でむかついている気持ちをあらわす手法を採ったわけだ。
別れて暮らしてから二年。南光型は東京型と同じように学校帰りの子供の群れの中から番頭が寅ちゃんを見つけるが、ざこば型では路地からいきなり飛び出してぶつかった子供が寅ちゃんだったという型にしている。
南光型の寅ちゃんはちょっとマセていて、父と母の馴《な》れ初《そ》めの話を母親から聞かされていて、父親がいろんな手で母を口説いた話をしたあと
「おとうちゃん。なかなかやりますなあ」などと冷やかしたりする。

そして、寅ちゃんの額に傷があるのを見つけて理由を聞くと、斎藤さんのぼんぼんと独楽まわしをして殴られた……という東京型の愁嘆場になる。

ざこばさんに書き直した際には、寅ちゃんはもっとやんちゃで、ガキ大将と喧嘩してボコボコにやっつけたところ、むこうの母親が苦情を言いに乗り込んで来て

「だいたい、あんたとこはしつけがなってない。それと言うのも父親が居てへんからや！」

と毒づくので、寅ちゃんの母親も

「父親がいてのうても、しつけはちゃんとしてるつもりです。帰っとくなはれ！」

と追い返してから

「父親が居てたら、こんなこと言われることないのに」

と悔し泣きする。このあたりも、ざこばさんという演者の「色」に合わせて書いているわけだ。

熊五郎が寅ちゃんに小遣いをやったところ、別れぎわに寅ちゃんが振り返って

「おとっつあん。小遣い、おおきにな！」

と言うので、不意をつかれた熊五郎が

「あほ！　子供が親に小遣いもろて礼言うやつがあるかい！」と言う台詞も嬉しそうだけれど、別れて暮らしている現実を思い知らされて寂しそうに感じられる。

同じストーリーでも、演者によって噺はがらりと味わいを変えるものなのである。

淀五郎
――上方化の際の「こだわり」

道頓堀の中座で久しぶりに『仮名手本忠臣蔵』の通し狂言が上演されることとなった。初日が近づいて来たころに塩谷判官役の中村宗十郎の病気休演が決まる。座頭の尾上多見蔵の指名で代役を勤めることになったのが三桝淀五郎《みますよどごろう》という若い相中《あいちゅう》の役者。これを機会に名題《なだい》に昇進し、張り切って初日を迎えたのだが、相手役の由良助を勤める多見蔵は淀五郎の芝居が気に入らない。切腹している判官のそばに由良助が駆け寄り「御前」と声をかけると、判官が「由良助か……。待ちかねた」という段取りになっているのに、そばに寄ることさえしない。二日目も全く同じだったことに絶望した淀五郎は、三日目の舞台で多見蔵を突き殺して自分も腹を切って死のうと覚悟して、いつも世話になっている嵐璃寛《あらしりかん》の出演している角座《かどざ》を訪れ暇乞いをする。淀五郎のただならぬ様子を察し璃寛は淀五郎に判官役のコツを教えた。翌日、淀五郎の判官が切腹する芝居に納得した多見蔵の由良助は三日目にやっとそばにやって来てくれた。その姿を見た淀五郎「待ちかねた」。

○　○

東京落語の『淀五郎』を上方に輸入したものである。東京では澤村淀五郎という役者のエピソードになっているが、実在の澤村淀五郎は塩谷判官をやらせてもらえるような役者ではなく、代表的な役は『夏祭浪花鑑《なつまつりなにわかがみ》』住吉鳥居前の場で捕らわれの身になっていた団七を連れて出て来る堤藤内《つつみとうない》という役人。団七を解き離した後、夏の日差しを扇子を目の上にかざして避けるという仕草が現在でも行われているが、それが澤村淀五郎の残した型なのだそうである。また写楽が一七九四年に描いた役者絵に二世淀五郎の川連法眼が残っているところから想像するに、渋い脇役であったように思える。

上方でこの噺を演じていた三代目林家染丸師も舞台や人物の設定は江戸のままで大阪弁で演じていたが、桂雀三郎さんのために上方化するにあたって、「澤村淀五郎」ではない「淀五郎」にふさわしい上方役者の名前を探すことにした。そんな時に助けてくれたのが雑誌「上方芸能」の元・編集長で芸能研究家の森西真弓さん。幕末の上方の役者に四代目三桝大五郎という大立者が居たことを教えてくださった。屋号は「京桝屋《きょうます》」。恰幅がよくて石川五右衛門などの役を得意にしたという。その弟子に三桝淀五郎という役者が居た……ということにした。

東京では皮肉な座頭が市川團蔵になっているのを上方では二代目尾上多見蔵、淀五郎にアドバイスをくれる役者は中村仲蔵となっているのを三代目嵐璃寛と、こちらも実在の上方役者に変えている。多見蔵も璃寛も同時代の役者の名前で、璃寛は若いころに多見蔵の門下で修業していた時期があるのも噺の設定にぴったりだった。こんな時代考証は落語には無用……とお思いになるかもしれないが、衣装も大道具も小道具もなしに、言葉と仕草だけで伝える、イマジネーションだけがたよりの芸能だからこそ、「まことしやか」な史実があると書くほうも演じるほうも心強く、説得力も増すのである。

璃寛が淀五郎に伝授する、耳の後ろに青黛を忍ばせておいて、それを指でとって唇に塗ると唇の色が青くなったように見える……などという「芸談」はなんとも嬉しいものだが、十三世片岡仁左衛門丈の芸談に

「耳の裏に青黛を仕込んで置いて、支度している間にこう唇に塗る。で、これもね、青黛は役者の常識でこれもいゝんだけれども、私はこれもやらないんです」（『国立劇場・歌舞伎の型1仮名手本忠臣蔵』雄山閣）とあるので、おそらく現在の歌舞伎では行われていないように思う。昔々の役者さんの工夫なのである。

また、淀五郎の台詞に「多見蔵の親方に天井を見せられた」とあるのは、三遊亭圓生師の高座にもある古いフレーズ。ちなみに「天井を見せられる」というのは、仰向けにひっくり返されることを意味していて、つまりは「ひどい目に合わされた」ということである。

「相中」、「名題」というのは歌舞伎の世界の身分のこと。東京落語の「二ツ目」が「相中」なら「真打」が「名題」にあたると思っていただくとわかりやすい。

この噺と同様の芸道ものの噺としては『中村仲蔵』があり、これも上方化を考えてみたのだが、モデルになっている初世中村仲蔵は実在の江戸の役者で、エピソード自体も「史実」として紹介されているものなので、上方化するのは無理と判断してあきらめた。

昨今はいろいろと工夫して『中村仲蔵』を上方化して演じておられる方もいるので、興味のある方はお聞きいただきたい。

江戸から上方に輸入するにあたり、私が「不可能」と判断するのは仲蔵のように舞台が江戸に限られる噺のほか、江戸にしかない風俗を描いた『五人廻し』などの噺、登場人物のキャラが江戸っ子でなくては成立しない噺も敬遠の対象になる。例えば『三方一両損』の意地の張り合いや『品川心中』のように見栄のために心中しようとする遊女の存在は上方には移しにくいように思う。

中でも『三方一両損』は「損をすることが美徳」という江戸っ子にしか理解できない噺で、上方に移すなら『三方一両得』にしないともたない。原形の『損』のほうでは、拾った三両を落とし主と拾い主が押し付け合い、中に入った奉行が双方に二両ずつ渡して解決する。つまり、落とし主は受け取っていたら三両もらえたのに二両だけなので一両損。拾い主も落とし主が

「三両やる」と言っていたのに二両しかもらえないので一両の損。そして、奉行は三両預かって二人に四両渡したので一両の損。それぞれが一両ずつ損をしたことで顔を立てるという江戸っ子の美学に沿った解決法である。

上方なら奉行は落とし主と拾い主の双方に一両ずつしか渡さない。そして、落とし主は全く返ってこないはずが一両返って来るので一両得。拾い主も一銭ももらえないところが一両もらえるので一両得。奉行も三両預かって二両しか渡さなくてもいいので一両の得という「三方一両得」でないと納得しない……という理屈を、なんと立川談志家元にぶっつけてしまった。いつのことだったか談志師が大阪に来られた時、南光さんと私が呼び出されたことがあり「東京落語をもっと上方に持って行け！　文句言ってくるやつが居たら、オレが認めたと言え！」とのお墨付きをいただいた。その時に上方には移せない例として『三方一両損』について申し上げたのをおぼえていてくださって、「立川談志独り会」第五巻（三一書房）の解説で「〝第一、大阪人は三方一両損なんてなあ了見は無い〟という。

もし、三両を三人で分配《わけ》ちまう『三方一両得』となる筈だと言ってたが、〝成程なあ〟と感心をしたっけ……」

と書いてくださった。

もちろん江戸の噺でも『ねずみ穴』などは上方に移しやすく、現に桂福團治さんが立川談志師から教えを受けてみごとに上方落語のレパートリーに仕上げている。「圓生全集」第四巻（青蛙房）の解説輪講で飯島友治先生が「大阪の人情噺としては、よくできた噺ですね」と発言し、圓生師もその発言を否定していないところをみると、もともとは上方の噺だったのだろう。江戸っ子がお金のことで揉めたりするのは似合わないので主人公を田舎の兄弟にしたのだと思う。上方なら金銭を汚いものとは思わないので、わざわざ地方出身者にしなくとも成立するのである。

また『芝浜』もサゲの「よそう。また夢になるといけねえ」という江戸弁のフレーズがきれいに決まりすぎるので上方化は無理かと思ったこともあったが、一九九八年に雀三郎さんのために『夢の革財布』のタイトルで大坂に場所を移してみた。宴会の場面で下座の騒ぎ唄「我が恋」を入れて陽気にして、女房もしっかりした賢夫人ではなく、宴会でつい踊りだしてしまうようなちょっと抜けたところのあるかわいい大坂の女にしてみた。こちらもお金が重要な役割を果たす噺なので、上方にしても不自然さはなかったのではないか。

こういう気質の部分を大切にしないことには、本当の上方化にはならないのだ。

商社殺油地獄
——古典の現代化

DVD…桂文珍一〇夜連続独演会④（吉本興業）
桂文珍大東京独演会⑥（吉本興業）

中東のある国で国王が即位して一年の記念式典が開かれることになり、その国に駐在している日本の商社マンに「日本の伝統芸能を見たい」との注文があった。国王のリクエストは能狂言。日本からプロの狂言師を呼ぶのは費用もかかるし、式典の日も迫っているとのことで、駐在している社員たちで演じることにする。ただし、古典の演目は知らないため漫画の『天才バカボン』を狂言風に演じることにする。

式典の当日。〽柳の下に猫が居る、柳の下に猫が居る。だから猫柳ィ〜……という謡で始まる新作狂言を一番演じてのけると、国王はことのほか喜び「久しぶりで能狂言を見たが、今日のは初めてだ」と上機嫌。国王のご機嫌がいいのにつけこんで、支店長が「OPECの枠とは別に、我が国に安く、たくさん石油を売ってくださるわけにはいきませんでしょうか？」と頼むと、国王「石油は……やるまいぞ、やるまいぞ」。

○　○

もともとは『能狂言』という古典落語で、東京では六代目三遊亭圓生師匠の速記、映像、録音が残っている。なぜか但馬が舞台になっており、江戸詰めだった殿様が国元に帰って、江戸で見た狂言が忘れられず、なんとか見たいと駄々をこねる。困った家臣たちは城下に「狂言を知っている者は名乗り出るように。褒美の金は望み次第」という高札を立てる。そこへ通りかかったのが調子のいい江戸っ子の二人。その立て札を読んで「狂言を知っている」としゃべっているのを耳にした役人に捕らえられ、城へ連れて行かれる。ほんものの狂言は知らないので、歌舞伎の『仮名手本忠臣蔵』五段目・山崎街道の場の定九郎が与市兵衛を惨殺する場面を狂言風に演じることにする。定九郎は与市兵衛を斬り殺したあと「島原へ女郎買いに参ろう」と言い捨てて揚幕に入って行くが、能舞台には幕がないので与市兵衛は動くことができない。ついに我慢できなくなった与市兵衛がムクムクと起き上がり「おのれ憎き定九郎、島原へはやるまいぞ、やるまいぞ」と言いながら、高座で立ち上がると狂言の追い込みの型で高座を去って行く……という演出を見せた。

一方、上方の型は米朝師が演じた速記が「米朝落語全集・増補改訂版」第六巻（創元社）に収められている。伊勢詣りの途中で無一文になった喜六と清八が、ある田舎の城下町にやってくると高札が立っていて「お殿様が京から迎えた婿養子が『狂言を見たい』と言うので、狂言の心得のある者は申し出るように。褒美をとらせるであろう」とのこと。そこで、二人はニセの狂言師になって城に乗り込む。そこで、歌舞伎の『仮名手本忠臣蔵』五段目・山崎街道の場を狂言風に演じる。おもしろがった養子が「もうよい。それへ下って休息いたせ」と言うので、清八が「では、ご褒美は？」と手を出すと養子さん「それはこなたへは、やるまいぞ、やるまいぞ」。

ちなみに、米朝型では先に定九郎が出て「まかり出でたる者は、定九郎と申す、心も直《す》ぐにない者でござる」という名乗りがあって、あとから与市兵衛が登場する現行の歌舞伎の段取りになっているのに対して、圓生型では与市兵衛が先に出て、その後を定九郎が追いかけて出て来る古風な段取りになっている。

なんとかこの噺を世に出したいと思って、私も京都の「上方落語勉強会」で『東の旅』を通しで復活した際、八五年五月に、先代歌之助さんに宛てて書かせていただいた。圓生型にも米朝型にも下座は使っていなかったのだが、その時は、下座から生の笛、小鼓、太鼓が入る上方らしい贅沢な演出をとった。

いずれの型でも、与市兵衛の登場シーンで〽またも降りくる雨の脚……という義太夫の文句を謡のフシで聞かせ、台詞も「これはこのあたりに住まいいたす」という狂言の口調にして演じるのが古典芸能ファンにはたまらないシャレた趣向だった。おそらく、まだ歌舞伎が大衆芸能として今のテレビドラマと同じように知られていた時代には、おなじみの台詞を狂言で演じるという趣向は大ウケしたことだろう。ただ、現在のお客様にとって五段目が馴染み深いとは言いにくい。元のわからないパロディくらいむなしいものはない。そこで、現代のお客様にウケるためには、なにを狂言で演じたらいいかを探してみた。そこで、思いついたのが漫画……赤塚不二夫先生の『天才バカボン』である。その『バカボン』を演じるための設定として、時代を現代にして、場所も日本から遠く離れたアラブの国にした。そして、石油問題をからめた『新・能狂言』を作って、八七年九月二十一日に同じ京都の「上方落語勉強会」で歌之助さんに上演していただいた。

観世流の心得があった先代歌之助さんが、おさまった調子で〽柳の下に……と大真面目に謡いだすと客席は爆笑の渦に包まれた。そのあと

「これは、このあたりに住まいたすバカボンのパパでござるのだ。こんにった、ちと用もござれば、バカボンを呼び出だし、お使いを言いつけようと存ずる。やいやい、バカボン、おるかやい」とパパが言うとバカボンが摺り足で登場して

「はーっ。おまえに」と控える。パパは

「念のう早かった。そちを呼びいだしたは余の儀でもない。こんにった、お客もござれば、隣町のお肉屋さんまで、すき焼きのお肉を買いに行ってくれい」と頼むが、バカボンは

「これは迷惑」と断る。腹を立てたパパは謡で
〽パパは箒を振りあげて、パパは箒を振りあげて、バカボンめがけて打ってかかれば……と殴ろうとするが、逆にバカボンに頭を殴られ倒れてしまう。バカボンは
「やれ嬉しや。これより公園へ遊びに行こうと存ずる」と言い残して揚幕へ向かうので、起き上がったパパは
「この横着もの、たそ捕らえてくれい。やるまいぞやるまいぞ」と追い込んで入る……という型で、何度か上演していただいたのだが、二〇〇二年の正月に歌之助さんとお別れしたあとは、この「メイ作」もお蔵入りになるか……と思っていた。
　ところが、二〇〇四年ごろに文珍さんに「こんな噺があるんですよ」と粗筋をお話ししたところ興味を持っていただき、再び日の目を見るに至った。さらに、文珍さんは太鼓、鼓、笛の演奏を担当する落語家さんたちを黒紋付き袴姿で高座に呼び出し、背後で演奏させるという派手な演出も付け加えてくれた。近松門左衛門の『女殺油地獄』をもじって『商社殺油地獄《しょうしゃごろしあぶらのじごく》』というシャレたタイトルを付けてくれたのも文珍さんだ。
　シャレた趣向をギリギリまでわかりやすくするという作業は大事なことである。

マキシム・ド・ゼンザイ
――公社からグルメへ

にわかグルメの男、ガイドブックを片手に「世界一のゼンザイを食べさせる」という名店「マキシム・ド・ゼンザイ」にやってきた。席に通されると最中や甘納豆、栗きんとん、鯛焼き、飴細工と次々に甘い甘いメニューが出てきて、ついには大きな饅頭の中に小さな饅頭が七つ入っている「マンジュウ・ア・ラ・モード」というものまで出てくる。最後にメインディッシュの一升入りのゼンザイの椀が出てくるので、さすがに甘いものが好きな男も音を上げてしまった。会計をすませると空くじなしの抽選をさせてくれるという。景品を聞くと一等は三泊四日の旅行にご招待とのこと。行き先を聞くと「奄美大島です」と答えるのを聞いた男、「いや、奄美（甘み）はこりごりや」。

速記……噺の肴（弘文出版）

○　○

枝雀さんの「フリー落語の会」には三番弟子の桂雀松さん……現・文之助さんがレギュラー

出演していて、毎回新ネタを下ろすことが義務付けられていた。最初の頃はなんとかネタ出ししていたものの、次第に演じるネタが手詰まりになってきた。誰も手を付けていないネタを探す必要が出てきて、私も東京落語や台本だけが残っているネタを上方風に改作するお手伝いをさせてもらっていた。その時に書いたのが『餅屋問答』、『紙入れ間男』、『裏の裏』、『いらち長屋』、『廿四孝《にじゅうし》』である。

そして、「フリー落語の会」を引き継いだ「こころみの会」では雀松さんに『たいこ医者』、『吹替息子』、『六尺棒』、『片棒』といったネタをリライトさせていただいた。この時一回だけの上演でお蔵入りしてしまった噺もあるが、幸い今でも他の演者に伝えられて上演されている噺もある。『いらち長屋』は東京の『粗忽長屋』、『たいこ医者』は『死神』、『吹替息子』は『干物箱』の改作である。

このように、発表の場を常に用意していただけたのが、私にとってはとてもありがたいことだった。

「こころみの会」の最終回、いよいよネタが尽きた雀松さんが

「次のネタ、なににしましょう?」

と心細げに相談してきたので、こちらは深い考えもなく

「そうですねえ。最近『ぜんざい公社』ていう噺、あんまり出ませんねえ」

と答えた。藁をもつかむ思いだった雀松さんは、この一言に飛びついて
「あ、それいいですねえ。ほたら、次回は『ぜんざい公社』ということで、よろしくお願いします」
と、次の会の告知に『ぜんざい公社』を出してしまった。それから、私が手元にあった先代桂春蝶さんの『ぜんざい公社』の録音を聞きなおして真っ青になった。と言うのが、その当時は世間には民営化の嵐が吹き荒れていて、電電公社がNTTに、専売公社はJTに、国鉄はJRになろうという時代だった。そんな時期に「国がぜんざい屋を始める」などという設定の噺をすると、江戸時代の噺をするよりも「ズレている」ということになりかねない。そこで、大あわてで基本から改作にとりかかりできあがったのが、この噺なのである。

売り物は次々と出てくる甘いもののメニュー。その甘さがエスカレートしていくのをおもしろがるというわけだ。グルメ本を片手にやって来た男、ようやく「マキシム・ド・ゼンザイ」を見つけて店内に入り、その豪華さに気押されながら
「こちらですか、日本一のゼンザイを食べさせてくれるお店というのは？」
とたずねると、ウエイターは顔の前で人差し指を左右に振りながら
「チッチッチッ……。お客様、恐れ入りますが、当店は日本一ではございません。世界一のゼンザイをご賞味いただきます。『ザ・グレイティスト・ゼンザイ・オブ・ザ・ワールド』……。

当店のモットーになっております」

と答える、このキザなウエイターが実に雀松さんによく似合っているのだ。

席について「ディナーコース」を注文すると、次々とおそろしいメニューが現れる。最初の台本ではそんなに凝ったメニューは揃っていなかった。一九八七年九月二十九日の初演の高座はまずまずよく受けたのだが、急ごしらえの作品なので、今回限りかなと思っていたところ、楽屋に戻った雀松さんに師匠の枝雀さんが
「これ、もっとメニューを増やしたら繰り返しがきくんとちがうか？」

とおっしゃった。そこで、雀松さんが料理の本とグルメの本を読んで、よりグルメっぽいフレーズをプラスしてくれたのである。高座を聞いた落語家さんたちもおもしろがってメニューを考えてくれた。そのおかげで完成したメニューをご紹介すると、オードブルは「こしあん最中のスフレ風」、続いて「甘納豆のポタージュ」、「丹波栗のきんとん」、「鯛焼きの甘酢あんかけ四川風」、「小豆入り飴細工」、「マンジュウ・ア・ラ・モード」と並んだあとメインディッシュの「ぜんざい」が出てくるという段取りになる。

この中で「小豆入り飴細工」には蜂蜜のソースがかかっており、希望によってはトッピングも付けてくれる。「鯛焼きの甘酢あんかけ」という強烈なメニューは文之助さんの作だが、そこに「四川風」というとどめを刺すフレーズを入れたのは桂米二さん。

「四川料理はほんまは辛口ですねんけど、これはこれでよろしいか」
と理論家らしい注釈を加えて教えてくれた。
きんとんを喉に詰めるシーンがあって、そこにウエイターがお茶を持って出てくる。日本茶のソムリエをしているというウエイターが
「玉露の八十年ものでございます」
とワインのように説明をするくだりがある。それをお聞きになった米朝師が
「お茶は新茶というぐらいやさかい、新しいもんがええのとちがうかえ？」
と言ってくださったので、さっそくネタの中に採り入れさせていただいた。このように、皆さんのおかげをもって完成した噺なのである。
いわばアイデア第一のコント的な作品なのであるが、「甘さ」という感覚に訴える部分があるため、皆さんに喜んでいただける噺になった。ただ、同じ趣向の繰り返しなので、後半にいくほどボルテージを上げて行って、サゲ前に最高になるようにもっていかなくてはならない。原作の台本でも、最後のスピードくじのくだりで噺の勢いが落ちることがあるので、くじの前のくだりで、甘いメニューに辟易した主人公に
「こっちの考えが甘かった」と言わせてサゲにすることも多かった。
ただ、お酒飲みにはたいへん不評な噺で、ある時、この噺を高座の横で聞いていた枝雀さん

が、聞き終わったあと
「思わず気ぃ入れて聞いてしもうて、胸悪うなってしまいましたがな。どないしてくれますねん」
と苦情を言ってくださった。作者としてはまさに本望である。
この噺は、私とってもう一つの意味で記念碑的な作品になった。この噺が初演された翌日、私は十二年半勤めた会社を退職して、専業作家になったわけである。
十月の一日、かねてからサラリーマンを辞めたら最初にやりたかったことを実行に移した。それは……朝風呂。風呂からあがると先代桂歌之助さんからの留守電が入っていたので電話してみると、歌之助さんは「定職を離れた小佐田は、きっと不安で落ち込んでいるだろう」と、励まそうと思って電話をかけてくれたそうなのだ。ところが、当人は落ち込むどころか鼻歌もので湯につかっていたと知った歌さんは真剣な口調で
「ジブン、真面目に生きなアカンで」
と説教してくれた。これも、いい想い出である。……どこがや！

第 2 章

専業作家時代

扉写真
「落言　神棚」 2020 年 2 月 9 日　金剛能楽堂
左から茂山あきら・丸石やすし・桂文之助・茂山七五三
撮影：瀧本加奈子
写真提供：童司カンパニー

雨月荘の惨劇
——アルカリ落語の代表作

速記……よむらくご（弘文出版）

地上げ屋が雨月荘という古アパートの住民を立ち退かせようとするのだが、追い出しに出かけた若い衆はみんな原因不明の病に倒れてしまう。最後の手段として送り込まれたのが「エクソシストの弥左衛門」と呼ばれている霊媒師。雨月荘に乗り込んで寝ずの番をしていると真夜中に出て来たのが一人の幽霊。この幽霊、生前に住んでいた環境が騒音だらけだったため、やたらと声が大きい。対抗心を燃やした弥左衛門、大声で念仏を上げて退散させようとするが、幽霊チームも義太夫語りの幽霊と狂言師の幽霊が応援に出現し、大声での怒鳴り合い合戦となる。そこへ部屋の戸をノックする音がする。開けてみると西洋人の女性が立っていて「静かにしてくれないとレッスンができません」と苦情を言う。弥左衛門が「あなたはどなたですか？」とたずねると、女性は声を張り上げて「はい。イタリアの〽オペラ歌手でーす」。

○　○

一九八六年の五月から大阪で桂雀三郎さんの実験的新作落語の会「雀三郎性アルカリ落語の会」がスタートした。雀三郎さんのニックネームが「じゃくさん」であったことから、「じゃくさんせいあるかりらくごのかい」と読む。それまでの雀三郎さんは古典落語の王道を行く人だと信じられていたが、ご本人は「古典の星」で居ることにあきたらず、落語マニアではない新しい客層を開拓しようと考えていた。その時に相談の電話をかけたのが知人のYさん。このお人、たいへんお堅いところに勤めているのだが、頭の中身はかなり柔軟だった。なんせ、後に祝々亭舶伝になった天下の奇人・桂春輔さんの魅力に目を付けてプロデュースをしていたのだ。彼の努力で春輔さんの人気に火が点きかけたところで、なぜか春輔さん自身が売れることに飽きてしまい、せっかくいろいろと企画していたYさんが手持ちぶさたになっていた。そこに雀三郎さんから電話がかかってきたのだそうだ。

「だいたい、それまでは自分から積極的に何かしよう……というタイプの人間やなかったんで、ようその時に電話をかけたことやと思います」

と雀三郎さんは今でも語ってくれる。雀三郎さんも春輔さんの芸は好きで古典の『初天神』を教えてもらったこともあり、同時にYさんの行動力もよく知っていたわけだ。雀三郎さんの「これまでとちがった新しい落語を」という意欲と、Yさんの「落語をなんとかしたい」という思いとを落語の神様が引き合わせてくれた一種の運命的なものをおぼえる。

Yさんと私の初対面は衝撃的なものだった。喫茶店で顔を合わせるなり、

「ボク、古典落語嫌いですねん」

彼に言わせると、今までの落語ファンやマニアのための落語会ではなく、それまで落語とは縁のない世代……例えば女子高生が見に来るような全く新しいタイプの落語会を企画したいとのことだった。後で確かめると「女子高生」という限定にとくに意味はなく、ただただYさんのお好みだったことがわかった。いずれにしても「古典落語」のような落語を書きたいと思っていた私にとっては謎の注文だった。会場も、当時の若手の落語家が使用していたお寺の広間をやめて扇町ミュージアムスクエアという、そのころ若者の間で人気に火が点きかかっていた小劇場の芝居を上演する劇場と同じ建物の中にある「コロキューム」と呼ばれる小さなイベントスペースだった。

八六年五月十七日、第一回「アルカリ落語の会」で演じられたのは『極楽坂の決闘』。大和の国・妹山のふもとにあった極楽坂での犬の喧嘩から始まり、それが犬の飼い主である寺の小坊主同士の喧嘩に拡大し、しまいには妹山と背山という山同士の喧嘩になるという、今読み返してもかなりシュールな、落語でしか表現できない作品だったが、永らく再演はされていない。

第一回目の『極楽坂』が、大胆すぎたと反省した私は「アルカリ落語の会」の第二回目から第八回目までは古典の改作や復活を試みたが、プロデューサーのYさんは、それでは満足せず、

今までにない新しい実験的な作品を要求してきた。

それに応えて『白雪姫』、『悪魔が来たりてホラを吹く』など、自分でいうのもナンだが、かなり無茶苦茶な内容の噺を毎月書いて、雀三郎さんに上演してもらった。作者が無茶と思うネタなのだから、一般のお客さまに受けるはずがない。毎月のように反応の薄い客席を体験して、さすがの雀三郎さんも
「来月は、もうお客さん来まへんで」

と音を上げていた。でも、お客さまの数は落ち込むことなく、毎回そこそこのもの好きな人たちが集まってくれた。ある時、そんな一人に
「いつもすんませんねえ。おかしな噺ばっかり聞かせて。あんなん聞かされて、『二度と行くかい』とお思いになりませんのん?」

すると、その人は笑いながら答えてくれた。

「そんな心配、せんといてください。いつもは受けてなくても、必ず年にいっぺんぐらいはおもしろい作品があるもんです。もし、自分が行くのを休んだ会に、その年に一度のおもしろい噺が出たらくやしいから意地で来てるんです」

そんなありがたいお客さまに支えられていたのが「アルカリ落語の会」だった。そのお客様の期待に応えたのが、八七年十一月二十一日に第十七回公演で初演された『雨月荘の惨劇』なの

だ。
この会に限らず落語会のチラシにはネタのタイトルを出す。新作落語も同じことで、まだアイデアのかけらもない二か月ほど前から題名だけは発表しなくてはいけない。だから、チラシをご覧になったお客様が
「おもしろそうなタイトルですけど、どんな噺になるんですか?」
などと質問してくださるのだが、作者のほうも「どんな噺になるんやろ?」と途方に暮れていることが多く、この噺もそんな状況だった。なにがなんでも雨月荘という場所で、なんらかの惨劇をおこさなくてはならない。「雨月荘」と「惨劇」で二題噺をこしらえるわけだ。
会が一週間後に迫っている深夜、マンション四階の我が家の窓から表の通りをながめていると、浴衣姿のおばちゃん二人が大きな声で話をしながら通り過ぎて行った。夜中やのにうるさいなあ……と思ったのが第一印象だったが、彼女たちの姿が見えなくなってしばらくしてから
「いまのん、幽霊とちがうんかいな?」と思った……が、すぐに
「あんな陽気な幽霊はいてないわな」と打ち消した。さらに打ち消したあとに
「けど、陽気でやかましい幽霊が居てたらおもしろいのとちがう?」と気づいた瞬間に『雨月荘の惨劇』は誕生した。
まずは「なぜ幽霊の声が大きくなったのか?」という理由づけを考えて、生前、鉄工所に勤

めており、隣がパチンコ屋と幼稚園、裏の空き地はビルを建てる工事中で、家の前を国道が走っているという環境で暮らしていたことにした。その幽霊と闘う動機を考える。幽霊と霊媒師が闘う武器に「大声」を使うというのは演者の雀三郎さんの声量に頼っての演出である。大声の代表に狂言と義太夫、そしてオペラと並べたのも、雀三郎さんがどの芸も再現できるからだ。若いころに義太夫の稽古に通っていたから、義太夫語りは問題なし。オペラについても、なんといっても『ヨーデル食べ放題』というヒット曲を出し、毎年年末は落語会よりコンサートの数のほうが多くなる……というプロの歌手だから問題なし。狂言についても四世茂山千作先生の大ファンだから、その物真似で聞かせてくれる。

問題は、サゲ前に登場人物たちが大きな声を出し続けるシーン。声量のある雀三郎さんでさえ、ときどき頭の周りにキラキラと星が飛び、気を失いそうになるという。

ある時など、この噺を一日二度演じなければいけないことがあって、さすがの雀三郎さんも

「あの時は、ほんま、死ぬかと思いました」

そして、雀三郎さんがこんな決意を述べてくださった。

「ぼくがもっと年いって、今日死ぬということがはっきりわかったら、この噺を演ろと思うてます。演ってる途中で頭のセンがブチッと切れて、ひとおもいにあっちへいけますからね」

ことほどさように、命がけの危険な噺なのである。

噺の趣向としては、次から次に事件がエスカレートしていって、ついには許容の範囲を超えて「そんなあほな」という結論に達する「はずれ」ていくおもしろさである。大声の幽霊が出たあとに義太夫語りの幽霊が出て、ついには狂言師の幽霊が現れて霊媒師と大声合戦になる。このエスカレートしていくパターンの作品の一番自然な終わらせ方は、エスカレートのタガがはずれて「そんなアホな」という段階まで跳んでしまって終わるという型。その跳ぶ距離を大きく見せるために、いったんは、そこへ止める人が現れて収束するかと思わせておいて、オペラ歌手というさらなる大声の人があらわれてサゲになるという仕掛けを使っているのだ。雀三郎さんも、サゲの〽オペラ歌手でーす……と歌いあげたあと、真横に倒れるという仕草でもサゲを付けてくれている。

ただただバカバカしいだけの噺なのだが、前半にエクソシストが小泉八雲の「鳥取の布団の話」(『見知らぬ日本の面影』所収)を語るくだりはちょっと哀しいテイストが入っている。ここがあるから、あとの爆発が生きてくるのだ。

この文章を書いているうちに、モデルになった浴衣がけのおばちゃんを私が目撃したのは一一月であることに気がついた。真夏のことなら、盆踊りの帰り道……ということもあろうがそろそろ寒くなって来ている晩秋の夜に浴衣がけで歩いていたあの二人。ひょっとしたらほんまもんの幽霊だったのかも……。

わいの悲劇
——芸尽くしの落語

まだ若いのに言葉遣いが古臭いので女性にモテない森クン。父が能のファンで、母親が歌舞伎ファン、姉が浪曲の追っかけ、妹が宝塚のオタク、自分も落研出身で松竹と吉本の新喜劇が好き……という特殊な家庭環境にも一因があるようだ。その森クンに先輩の川村がアルバイトを頼む。アメリカ人で日本文化に興味を持っているマリア・パンプキンという若い娘に三日間で日本の古典芸能をレクチャーしてやってほしいとのこと。早速、家族総出でマリアに日本文化を教えこむ。嵐のような三日間がすぎて、いよいよ帰国の時、見送りに来た川村にマリアは「そろそろ出発の時刻じゃあーりませんか。(浪曲)〽ちょうど時間となりました……。(歌舞伎)しからば川村殿、堅固で暮らせよ。さらば、おさらば。(能)〽言い残してぞ去りにけりぃ〜」……と摺り足で搭乗口へ進んで行く。その姿を見送った川村は「影響受けやすい人やね。けど、宝塚歌劇が一番影響が弱かったみたいやな。妹の宝塚だけなかったもんな」と感心していると搭乗カウンターから呼び出しがある。行ってみると「マリアさんを説得してくださらないとフライトできませんので」。理由を聞いてみると「タラップの階段の途中で、鈴を振って別れを惜しんでおられます」。

〇　〇

一九九一年三月十二日に桂雀三郎さんが「アルカリ落語の会」で初演してくれた作品で、当然のことながら、エラリー・クイーンのミステリーとは全く関係はない。

実はこの作品の前に同じタイトルで書いた作品がある。一九八八年三月に一度上演されたきりなので、九一年版を本家の『わいの悲劇』とし、八八年版は地獄が舞台の噺なので『わいの悲劇地獄篇』と変更した。

『雨月荘の惨劇』に続いて雀三郎さんの多芸にたよりきった一席である。落語家によくあるのが若いくせに年寄り臭い口調でしゃべってしまうクセ。まだ二十代のくせに、落語口調が身に付きすぎていて「〇〇でおます」とか「さっぱりわやや」てなことを日常生活で使ってしまう、そんな男を主人公にして噺を作り始めた。モデルになったのは林家小染さん。彼はお婆ちゃん子で自然と古い言葉が身に付いていたそうで、まだ染八といっていた二十代のころ、三十分前を表現するのに「四半刻前」と言ってみたり、距離を聞かれて「ここから一町ほど行って」などと大真面目に答えていたというから立派なものだ。自分のことを「ぼく」とか「俺」とか言わずに、ついつい「わい」と言ってしまうところから『わいの悲劇』というわけだ。

タイトルを決めた時点では言葉の古臭い男と現代社会とのズレを描く噺にする……つもりだったのだが、森クンの家族のキャラを決めるにあたって、いろいろ強烈な遊びができることに気がついた。最初に考えていたテーマが書いている途中で大きく変わってしまうことはよくあること。理由は簡単で、書いているうちにもっとおもしろい「笑い」の鉱脈に行きあたることがあるからである。逆にサゲがはじめから決まっていて、前を付けて行くというパターンは非常に例が少なく、ほとんどは結末が思いつかないまま書き始めているのだ。そして、上演時間が十五分経過したころになると「そろそろ結末を付けなければ」と着地点を考えはじめるのが常である。

当初は森クンの一家を落語マニアの一家にして、落語のパロディを演じる趣向にしようと思ったが、それでは落語ファンにしかうけないマニアックな作品になってしまう。そこで、幅を広げるために家族を能、歌舞伎、浪曲、宝塚のマニアにしてみた。かく申す私は関西学院大学時代に古典芸能研究部というサークルに身を置いていた時期があった。その時に落語だけでなく、能、狂言、歌舞伎、文楽、浪曲といったいろんな古典芸能に触れるチャンスを持てたことが役に立った。

落語を書くにあたっては、落語を聞くことはもちろん大切だが、他の芸能も見ておいて損はない。日本の古典芸能に限らず、オペラ、ミュージカル、絵画や彫刻、スポーツでも見ておくに越したことはない。落語だけしか聞いたことがないと書く台本が既存の落語の枠から出にくくなり、「どこかで聞いた噺」となって古典落語のパロディになってしまう。落語に限らず、ものを書こうと思ったらいろんなものを見ておくに限る。

歌舞伎好きの母親は、川村とマリアが訪問して来ると玄関に三つ指突いて出迎え

「イヤおそれ入ったるご挨拶。なにはともあれ、そこは端近《はしぢか》、いざまずこれへお通りくだされーっ！」

こう言われた川村も、つい吊り込まれて

「ははーっ！」

と土下座してしまう。座敷に通って、森クンがマリアを松竹新喜劇か吉本新喜劇に連れて行こうとしていると、母親が隣の部屋から

「しばーらーくー！」

と声をかけてくる。そして、歌舞伎調の台詞で

「日本の芝居は昔から、歌舞伎と決まっているわいなあ。これこれマリア殿とやら、こなた日本に来るからは、歌舞伎見たさであろうがな。ささ、マリア、返事はなんと、なーんとーお」

と詰め寄る。すると、奥から父親が

〽アアラやかましの茶の間かな。アアラやかましの茶の間かな。これはこの家の主にて候。のうのうマリア、さだめて能をひと目見んとて、千里の波を渡りしに相違あるまじく候。明日は能を見に行こうやおまへんか……にて候」

と能楽堂に誘う。それを聞いた妹は

〽愛、それは哀しく……と歌いながらあらわれて

「ようこそ、黄金の国ジパングへ。明日は宝塚大劇場にご案内いたしましょう。宝塚こそ、日本を代表する文化なのですよ。マドモアゼル」

と宝塚に誘う。すると横から

「ちょっと待ってくんねえ、おめえさんたち。一番大切な芸を忘れてやいませんか……ってんだ。〽花の浪花のひと節に、かけた人情を笑わば笑え……」

と姉が口を挟んでくる。このあたりのやりとりは、すべての芸に精通している雀三郎さんにしか再現できない「遊び」の世界である。

ここでひとつ嬉しかったことは、浪曲のフシ付けは事前になんの打ち合わせもすることなく雀三郎さんに丸投げしたのであるが、私の想像していたのと全く同じ節《ふし》でうなってくれたこと。こういうのを「センスがいっしょ」というのだと思う。

このスゴイ家族に立ち向かうマリアもただの女性にしてはもったいないので、日本の歌で日

本語をおぼえたという設定にして、間違ったことを言うと〽わたしバカよね、おバカさんよね、後ろ指後ろ指さされても……という調子で、ほっておくと三番まで歌ってしまうということにした。単独だと弱い設定なのだが、古典芸能との合わせ技になると効果があがる。

この時期には毎月一作は台本を書いていたわけで、今思うとその無謀さにゾッとするが、このあたりで、自分の中にもプロの物書きになったという自覚が育ってきた。プロというのは、依頼を受けた段階ではなんのアイデアもなく絶対に書けるという確証もないのに、仕事を引き受ける度胸を持つことなのだ。心のどこかで「今はなんのアイデアもないけれど、締め切りの直前には必ずアイデアが天から降ってくる」と信じているわけで、そして、そのとおり期限までには作品の型に仕上げることができる。ことに、台本の場合はそれをおぼえて上演してくれる芸人さんが居るわけで、記憶するためのタイムラグも考慮しなくてはいけない。落語家さんによっては

「三日前からしかおぼえはじめませんから、それまでにいただけたら結構です」

というようなおおらかな人が居るかと思うと、

「手元に台本がないと不安なので一か月前にはください」

という人もいらっしゃる。実際にひと月前から稽古にかかる人もあれば、おぼえはじめるのは

三日前からでも、それまでに下読みをして心の準備がしたいというわけで、その気持ちもよくわかる。できる限りご希望に添うように心がけているつもりだ。

ちなみに、森クンにバイトを頼みに来る先輩の「川村タカシ」という名前は、私の高校時代の友人の名前を無断で使わせていただいたもので、どこやらの市長さんとは全く関係ないことを申し上げておく。

磐若寺の陰謀
――同時代の新作落語

速記……よむらくご（弘文出版）

大阪近郊にある磐若寺というさびれた寺から「相談がある」と呼ばれた見世物師の男。和尚の相談というのは「なんとか参詣客を増やしてほしい」という依頼。一計を案じた見世物師は、境内にある古池に「龍神池」と名前を付け、池の底から龍が現れて天上するという噂を流す。その噂に騙された参詣人が大勢集まり、「龍もなか」に「龍の子おこし」などという土産物が飛ぶように売れた。そんなある日、寺の上空に黒雲が現れたかと思うと雷が鳴りはじめ、池の水が竜巻となって上空に吸い上げられ、一頭の本物の龍が現れて天上して行く。驚いた和尚が見世物師に「どんな仕掛けをしたのか?」と質問するが見世物師は「何もした覚えはおまへん」。調子にのった和尚が「ほんまに龍が出るんやったら、裏の杉にも天狗が降りて来ると言うといたらよかった」と欲深いことを言い出すと裏の杉の木の枝に烏天狗が現れる。見世物師が「ひょっとしたら、和尚が言ったことがすべて実現するのではないか」と言うので、試しに

「本堂の阿弥陀さんがカッポレを踊ったらいいなあ」と言ってみると、本当に踊りだした。気味が悪くなった見世物師が逃げようとするので、和尚が「あんたも同じ穴のムジナやないか」と言うと見世物師はムジナになってしまう。元の姿に戻そうとするが、戻らないので「おまえさんが居てなかったら、わしは陸に上がったカッパや」。とたんに和尚の頭に皿が生えた。

○　○

一九八九年七月十五日に「アルカリ落語の会」で初演された噺である。これもタイトルを先に出したあとで、無理やり作った噺である。

「お寺の名前は『般若寺』ではないのですか?」というご質問をよくいただく。確かに、実在するのは「般若寺」なのだが、こんな噺のモデルと思われたらご迷惑をおかけすると自粛して「磐若寺」と文字を変えてみた。落語ひとつにもこれだけの気は使っているつもりである。

物語としては「日本むかし話」の世界。落語には日常をスケッチした「そんなことあるある」と思わせる行き方と、不思議なおとぎ話やファンタジーの世界で遊んでいただくパターンがあるのだ。

最初は雀三郎さんに宛てて書かせていただいたのだが、後に雀松さん……現・文之助さんが「やらせてもらえませんか?」と手を挙げてくれたので、今は文之助さんのレパートリーになっている。

この噺を文之助さんが一九九一年七月十日に厚生年金中ホールで開かれた第二一二回「NHK上方落語の会」で上演してくれたことがある。その時、舞台のソデで出番を待っておられた笑福亭松之助師匠と並んで聞かせてもらっていたのだが、噺が終わると松之助師匠が「この噺、おもろいですな」とポツリと褒めてくださった。

松之助師匠は五代目笑福亭松鶴師匠譲りの古典を頑固なまでにしっかりと受け継いでいた一方で、古典を大胆に演出を変えて演じたり、不思議な新作落語を作るというとても新しいセンスの持ち主であった。その尊敬する松之助師匠から褒めていただいたのだから、まさに天にも昇る気分であった。

私が落語を書き始めたころ、新作落語の作り手としての先輩といえば三代目林家染語楼師と桂音也さん。このお二人のネタについては「上方らくごの舞台裏」で書かせていただいた。

そして、一九八〇年代に入り落語現在派による創作落語の活動が始まると、三枝時代の六代目文枝さんをリーダーに、桂文珍さん、笑福亭福笑さん、笑福亭仁智さん、桂小春團治さんといった方々が次々と現代を舞台にした落語を発表しはじめた。

私はその当時、枝雀さんとその一門の座付き作者という位置に居たので、その活動とはつかず離れずという関係で、大阪のライブハウスで開かれていた「創作落語の会」をたまに覗きに行くというお付き合いだった。

そこで三枝さんのリサーチに基づいた構成の確かな作品や、文珍さんのシンセサイザーをはじめとするいろんな道具を使ったSF調の噺。福笑さんの次第にエスカレートしていって最後は収拾がつかない世界まで引きずり込む作品。仁智さんの上質のコントを見るようで、軽いけれどしたたかな笑いが詰め込まれた作品。そして、小春團治さんの重箱の隅をほじくるように丁寧に仕込まれた笑いの仕掛けが後半に破裂していく作品など、いずれも自分にはないセンスの噺を聞かせてもらえたのはありがたかった。

中で一番よく聞いていたのは福笑さんの噺だった。雀三郎さんの「アルカリ落語の会」にもよくゲスト出演しておられたので、他の創作派の皆さんよりは聞く機会が多かった。その勢いにのってエスカレートしていく展開にはわくわくしたものだ。実は、この『磐若寺』の中で、はじめは納まっている住職が、見世物師にノセられて商売をする気になって「やれやれ！　やってこまそ！　この寺の境内に、銭の花を咲かせてみせる」などと口走るあたりは、私なりに感じた福笑落語のスパイスを使わせていただいているつもりなのだ。

このように勉強になることも多いのだが、なにより、出来立ての新作は聞くのには体力が要るし、おもしろい作品を聞いてしまうと、その真似をしたくなってしまう。最近は、あまり新作落語だけを聞かせるような会には行かないようにしているのは、それを防ぐためなのである。我ながら実にナサケナイ。

幸せな不幸者
――ショートショートと落語

速記……よむらくご（弘文出版）

倉井信一郎は不幸続きの人生に嫌気がさし、自殺しようと決心して田舎の温泉町にやって来た。ところが、橋から身を投げたら真下に通りかかった筏の上に着地してしまう。薬局で睡眠薬を買おうとすると、店番をしていた老夫婦の耳が遠くて話がトンチンカンで買うことができない。崖の上から飛び降りようとすると、止めようとした薬局のおじいさんが先に墜落してしまう。とうとう死にきれずに大阪に戻って来て叔父さんに相談すると、叔父さんは「お前の倉井信一郎というのは姓名学では『事故で死ぬ確率は十億分の一』という名前だから、死ぬというような気をおこしてはいけない」と諭す。納得した信一郎は「これから心を入れ替えてがんばります」と元気に帰って行く。その夜の七時のニュースで「今日午後三時すぎ、大阪市中央区の路上で、倉井信一郎さん三十一歳が、落下してきた隕石に頭を直撃されて即死しました。専門家の話によると、このような事故が起こるのは十億分の一以下の確率だそうです」。

江戸時代の世間話を集めた「耳嚢《みみぶくろ》」に収められているエピソードを元にした。

○　○

一九九一年十月二十九日に大阪梅田のシネマ・ヴェリテという小さな映画館で開かれた「九雀・ラクゴ・ヴェリテ」という会で初演されている。演者は桂九雀さん。

九雀さんとは入門以来の付き合いであるが、二十六席の作品を演じてくれている。雀三郎さん、枝雀さんに次ぐ数である。九雀さんは師匠の枝雀さんから「コント落語」の道を究めるように指導された。そのはっきりとした口調が、キャラクターのおもしろさより、ストーリーのアイデアのおもしろさをクールに描写する「コント」に向いているとの判断だったのだろう。

そこで、私も多くのコント風新作を提供させていただいた。この『幸せな不幸者』はそのひとつである。自殺しようとしても運悪く（?）死ぬことができない男のストーリーで、それだけでは弱いので冒頭の田舎の温泉町の宿屋で、部屋に案内してくれた仲居が鈍感な人で、主人公が自殺をほのめかすようなことを言っても全く気付かないというイントロを付けた。

このように「自殺したいのだがなかなか死ねない」というパターンの物語の結末は、本人が死ぬ気がなくなった直後に命を失う……というのが王道である。ただ、聞き手の意表を突いた方法でいかに命を失わせるかが値打ちなのだ。

サゲは落語というよりもショートショートに近い味わいにした。落語にはまる前はショート

ショートが大好きだった。日本なら星新一、小松左京。外国ならばフレッドリック・ブラウンなどの作品を読みあさったものだ。それゆえ、実はショートショートっぽい、ちょっとブラックでビターなサゲが好みなのであるが、シャープすぎると発散しないことが多い。そこで、よりわかりやすいサゲにするようには心がけているのだが、たまにはこんなのも作りたくなるものだ。

原案では主人公が隕石に頭を直撃されて即死するところで終わりだったのだが、サゲまで書き上げた後で、伝わりにくいかと思って「事故で死ぬ確率は十億分の一」というキーワードを書き足して「合わせ」のサゲにした。

人の「死」をテーマにはしているものの、落語は基本的に「思い詰めない芸」である。枝雀さんは「笑いは他人のちょっとした困りで起こる」とおっしゃっておられた。「死ぬ」ということは「ちょっとした困り」ではないのだが、「死のう」と思っている自分から幽体離脱して、客観的に見ると死ぬほどのこともないのではと思える。深刻なトラブルも、はたから見れば笑える意地の張り合いであることが多い。そんな様子を演じてみせることで、「これしかない」と思い詰めている自分を笑えるようになっていただけたら落語も少しは人生の役に立っているのではなかろうか。

この噺、二〇〇二年八月十九日に大阪のＨＥＰホールで開かれた「ごかいらくまつり」という特別な会で、一度だけ立川志の輔さんに演じていただいたのも想い出だ。

九雀さんに書かせていただいた新作は、泥棒の指導をする泥棒文化学院が舞台になっている『どろぶん』や、辞世の歌を販売する商売人が主役の『らすとそんぐ』など、ちょっと風変わりな設定のネタが多い。

九雀さんは古典の改作も多く手がけてくれている。腹に虫のわいた患者に虫を退治するため蘭方医者の呪文で蛙を腹の中に送り込んだところ、体がピョンピョンと蛙のように飛び始める『蘭方医者』という怪しい噺を、いろんな動物の悪霊にとりつかれる『鈴木さんの悪霊』というもっと怪しい噺に改作したり、紙屑を選り分ける仕事をしながら隣の稽古屋の音につられて踊りだす『浮かれの屑選《よ》り』を、廃品の分別をしてリサイクルできる品物を選別するバイトをやっている男がラジオの音で浮かれだす『リサイクルマン』に改作するお手伝いもさせてもらった。

演者としてだけでなくすばらしいアイデアマンで、琵琶やバイオリン、ハーモニカ、マンドリンなどの楽器とのコラボレーションの台本も書かせてもらったし、二〇一三年には五十人近い吹奏楽団と競演する「吹奏楽落語」なるものまで作らせてもらった。この『吹奏楽落語・新《しん》出意《でい》本忠臣蔵《ほんちゅうしんぐら》』はたいていは大きなホールで上演するのだが、一度だけ繁昌亭で上演したことがある。その時は演奏者が舞台からあふれてしまい、客席の前から数列と二階席の一部を演奏家用につぶしていたと記憶している。ちなみに「新出意」というのは、この噺を上演してくれた吹奏楽団「セイント・シンディ・アンサンブル」から採ったものだ。

さらに落語を演劇に仕立てて複数の役者さんに演じてもらう「噺劇」という形式を確立させたのも彼の功績だ。大道具は使わず、衣装も落語家と同じシンプルな和服。小道具も落語と同様に扇子と手ぬぐいだけを使用して、照明の効果は使わない。BGMは生のお囃子を使うのがルール。若いころ、当時ブームになっていた小劇場の演劇に参加した経験も活かしつつ、演劇の問題である大道具や衣装などにかかる経費を軽減して、よりコンパクトな形式で上演できるのが強みだ。落語のアイデアと演劇の表現力が合体した舞台である。私はただのお客として感想を言うという関係であるが、演劇にすることで落語のおもしろい点も不自然な点もあぶりだされるありがたい公演なのである。

御所の東側に京都府立文化芸術会館というホールがあり、そこで、「上方落語勉強会」が開かれている……ということは『軽石屁』の項で既に述べた。この会の企画として九四年から始まったのが、会で初演されたできたての新作落語にお客様から題を付けていただくという「お題の名づけ親はあなたです」というもの。この企画を考えたのも九雀さんである。二〇二〇年現在も続いている。

哀愁列車

——鉄道の落語

CD……雀三郎の落語④（東芝EMI）

失恋で受けた心の傷を癒そうと北国行きの列車に乗った大学生。窓の外は激しく雪が降っている。あわよくば、客席の同じボックスに若い娘さんが座り合わせて、話が盛り上がったときに田舎の駅で列車が止まり、車掌が「この列車は豪雪のため、この駅で運転を打ち切らせていただきます」とのアナウンス。その駅前の宿で彼女との嬉しい一夜を送れたら……と勝手な妄想を描いている。ところが世の中は思うようにはならず、乗り合わせるのはやたらと食欲旺盛な老婆や、しりとり歌合戦を始める陽気な母親と元気な小学生の男の子など色気のないキャラばかり。次に乗って来たのは酔っ払いの板前で、話を聞いてみると好きな女と別れて来たのだという。酔っ払いはさんざん絡んだあと、次の駅で降りて行く。列車が動きだしたので、学生は窓を開けて、散々に酔っ払いの悪口を言う。列車は次第にスピードを上げて行く……と思っていると、だんだん遅くなり、ついには止まってしまう。怒った板前が庖丁を持って追いかけて来るのであわてていると、車掌が「この列車は豪雪のため、この駅で運転を打ち切らせていただきます」。

○　○

大阪府の依頼で乗り物が登場する新作落語を作ることになった。以前は地方自治体でもこんな粋な企画をしたものだった。それだけ「余裕」があったのだろう。発表の場は一九九二年三月十二日に大阪のプラネット8なるスペースで開かれた「上方話芸エンターテインメント・新作発表」というイベント。当日は浪曲や講談も新作が上演されていた。演者は桂雀三郎さん。タイトルは三橋美智也先生の大ヒット曲を無断でパクらせていただいた。

噺の構成としては主人公のところに次々と新しい相手がやってくるという『掛取り』や『代書』と同じパターン。列車の座席という閉ざされた空間に、駅に止まるごとに新しい乗客が乗り込んで来ることで事件が起こることにした。

列車が舞台になっている噺というのは不勉強ながら林家染語楼作の『地下鉄』くらいしか知らない。古典の旅ネタには『三十石』、『小倉船』、『兵庫船』、『矢橋船《やばせ》』などの船中の噺があるのだから、まだまだ可能性があると思う。現に近年は「鉄道落語」と銘打って、私生活でも真正の鉄道マニアである桂梅團治さんや桂しん吉さんが、次々と新作を生み出している。

この噺の列車には全部で三組四人の乗客が乗り込んで来るのだが、いずれも通路が狭いので主人公の学生の足を踏むというパターンからエピソードが始まる。四人の乗客のキャラクターが決まった段階で彼らの発するギャグは生まれると言っていい。ギャグは「さあこれから笑わせますよ！」と肩に力を入れて「おかしなこと」を書いても、わざとらしく感じられて効果的ではない。その登場人物が言いそうな普通の台詞をしゃべらせているうちに、自然にすれちがいや勘違いが起こって、笑える状況になるのが一番なのだ。

まず、乗り込んで来るのは大きな荷物を持った老婆。隣町の病院へ行くとのことだが、元気いっぱいで大きな握り飯とデザートのフルーツを食べつくして隣の駅で降りて行く。

次に乗って来る親子連れは第一稿では子供が鉄道マニアという設定にしていたのだが、一般に通じにくいとの判断で「しりとり歌合戦」に変更した。「しりとり歌合戦」を作るというのは意外と難しい。ただただ続けるだけならＯＫだが、登場人物のキャラに合わせて必ずウケるという流れにしなくてはならない。子供にはナツメロを歌わせることにした。そしてラストは雀三郎さんの美声で高らかに歌い上げることで客席の拍手を誘い、このコーナーの区切りとした。このあたりのおもしろさはＣＤか生の高座でお楽しみいただきたい。

そして、最後に登場するのが酔っ払い。落語に酔っ払いを登場させるのは場面を大きく展開させるために最も有効な手段である。枝雀さんの笑いの構造理論によると「衝突困り」に分類される笑いで、理屈の通らない相手との衝突でおこる緊張の緩和。古典落語でも何人もの登場人物が入れ替り立ち替わり登場する場合、酔っ払いにご出演願うことが多い。
例えば『住吉駕籠』では中盤に登場して、同じことを何度も繰り返して駕籠屋コンビを困らせるし、『かぜうどん』では前半に現れて、かわいそうなうどん屋に汚れた足を洗わせてうどんは食べずに立ち去って行く。この噺でも酔っ払いの板前が主人公にからみにからんで、自分の失恋話を熱く語る。
陰ながら支援してきた喜久代ちゃんという娘が他の男と結婚することになったことを知り、自分はそっと旅に出るという板前に学生が
「格好いいですねえ。好きな人のために身を引いて旅に出るやなんて、フーテンの寅さんみたいですねえ」と言うと、板前は首を振って
「なんで松竹行くのん？　わい、松竹きらい。東映が好き、東映が。ええか？　この場合、喜久代ちゃんが若き日の藤純子としたら、わしは……」
「わかりました。金子信雄」と答えてしまって
「なんぼ板前でも、あんな料理のおっさんといっしょにすな！」と叱られることになる。この「金子信雄」が今でもよく受けるのである。金子さんが亡くなられたのは四半世紀前のことなのに、高倉健さんの任俠映画などが繰り返し上映されているおかげであろうか？　金子さんのことはよく知らなくても、そんな名前の悪役の役者さんが居たという「イメージ」で笑ってく

れるのかもしれない。

板前がホームに降りて、列車が走りだすと学生も急に強気になる。窓を開けて罵声を浴びせるのであるが、このくだりを聞いていた若い人が
「へーえ。昔の列車の窓、開いたんですね」と感心した。なるほど、今の電車は新幹線などは窓ははめ殺しになっているし、一般の電車でも窓は上のほうがちょっと開くというのが普通で、我々の知っている下から持ち上げて開く窓は絶滅状態なのかもしれない。

サゲの部分は、主人公が妄想の中で聞いた車掌のアナウンスと合わせたもので、雀三郎さんは最近は「この列車は豪雪のため、この駅で運転を打ち切らせていただきます」と最後まで言いきらず、「この列車は豪雪のため、この駅で運転を」まで声に出して、あとは口だけを動かしサイレントで表現して、お客様に想像していただくというシャレた演出をとっている。ただし、これは前もってスタッフに伝えておかないといけない演出で、実際に音響さんが機械のトラブルと間違えて大慌てする……という場面もあった。

そんな「人騒がせ」なエピソードもある作品である。

怪談猫魔寺

――怖いものみたさの魅力

お小夜婆の通夜に集まった源兵衛、辰《たつ》、由《よし》の三人の男たち。いっしょに飲んでいた甚兵衛のおやっさんが先に帰ったあと、酒を飲みながら夜伽《よとぎ》をしていたが、由が大の怖がり。それをおもしろがった辰は、お小夜の家の隣にある「猫魔寺《ねこまでら》」という古い寺の因果話を始める。昔、この村に野良猫が異常発生して、村のあちこちでいたずらをしては村人を困らせていた。ある時、お寺の住職が、大事にしていた巻物に黒猫がキズを付けたのに腹を立て、黒猫を境内の井戸に投げ入れて殺してしまった。その話を聞いた村の者もそれに倣って猫を寺の井戸に投げ入れて殺してしまう。村に一匹も猫が居なくなったころ、寺の門前でひとりの老婆が行き倒れとなり、寺で面倒を見ることになった。ある夜、座敷に座っていた老婆が井戸のほうを見ながら手でヒョイと招くと井戸の中から投げ込まれたはずの猫がヒョイと飛び出してくる。婆がヒョイと招くたびに井戸から猫が飛び出して来て、境内が猫だらけになる。最後に出て来たのが和尚の投げ入れた黒猫で、その猫が和尚の喉笛を食い切って殺してしまう。それ以来、境内には猫がたくさん棲みついたので「猫魔寺」と呼ばれるようになった……という。

そんな話をしていると黒猫が座敷に入って来た。辰が猫にお小夜の死骸の上を渡らせたところ死骸に魔がさし、起き上がって塀を飛び越えて、どこかに走って行ってしまう。困った三人は黒猫に「お婆んをかえしてください」と頼むと、黒猫が塀のほうを向いてヒョイと招くとお小夜が塀を飛び越えて戻って来ると元の布団に寝た。喜んでいると、また黒猫がヒョイと招くと別のお婆んがヒョイ……。招くとヒョイ。招くとヒョイ。

○　○

四代目林家染語楼さんが父上の三代目染語楼師の書いた台本の束を抱えて我が家を訪れたのは一九九四年の春先のことだった。三代目染語楼師は六代目笑福亭松鶴師と同い年で、新作派の落語家であった。

三代目の台本の中から再生可能なものを選んで再び世に出そうという相談で、その時に見せていただいた台本の中からマクラの小咄を選んで一席の怪談に仕立てたのがこの噺である。

原作は『消防署の幽霊』という作品のマクラに付いていた『猫婆』という小咄。田舎の村で一人暮らしをしていた老婆が亡くなった。村の若い者がお通夜をしていて、たまたま現れた黒猫に婆の死体の上を渡らせたところ、婆が起き上がって表に飛び出してしまう。捜しに行くと畑の草むらに首を突っ込んで倒れていたので、連れて帰って無事に葬式を済ませた。村の連中は「このことは誰にも言うなよ。我々だけで内緒にしておけよ」と言うたのでいまだに誰にも知れずに済んだ。相手が猫やし、死んだのが婆やったので、「猫ばば」というのはこれから始まった。

この小咄に前後を付け、猫魔寺の由来にまつわる怪談をプラスして一席にまとめあげた。初演はその年の五月二十三日に大阪天王寺の近鉄アート館で開かれた「林家染語楼独演会」であった。

「怪談」がひとの興味を引くことは「怖いものみたさ」という言葉があることからもよくわかる。なんでも科学で分析してしまえる現代でもテレビの『世にも奇妙な物語』をはじめとする「怪談」は愛されている。

私の作品にも『幽霊の辻』をはじめとして怪談めいた作品が多い。「怪談」といっても背筋が凍る……というほど怖い深刻な作品ではなく、怪談を緊張の材料にして、緩和することによる落差を大きくするための道具に使っているわけだ。

枝雀さんは常々

「人間が人間のおなかから生まれてきている限り、得体の知れないものを怖がるという気持ちはなくならないでしょうなあ」と言っておられた。そもそも自分が生きているということ自体が不思議なのだから「この世にわからないことはない」などと言うのは不遜な考えではなかろうか。それに、すべてが科学理論で白日のもとにさらされてしまうのは、「安心」なのかもしれないが、どこかに謎の暗闇が残ってほしいという思いも捨て難い。

枝雀さんご自身は大の「こわがり」で怪談や怪奇現象は苦手だったようだ。子供のころ、家族が外出して自分ひとりで留守番しないといけない時などは家中の襖と障子を開け放って怪しいものがいないことを確認しないといられなかったという。それでも怖くなって、しまいには表へ出て街灯の下に立って我が家を外から客観的にながめて無事を確かめていたという。

恐怖は想像力の産物だ。自分の目の届かないところになにかが居るかもしれないとついつい思ってしまう。それだけ枝雀さんは想像力が豊かだったわけだ。

枝雀さんに「怖くないジェットコースターの乗り方」を教えてもらったことがある。

「ジェットコースターが怖いのは自分の意思と違う方向に連れて行かれるからですねん。そやから、コースターの一番前の席に座りますねん。で、動きだしたら前をしっかり見て、レールが右に曲がってたら、先に体を右に倒しますねん。つまり、自分がコースターを操縦してる気になりますねんな。そないしたらどんなコースターでも怖いことおまへん」

私が感心していると、ちょっと困った顔になって

「ところがひとつだけ困ったことがおますねん」

「それはなんですのん？」とたずねると
「怖いことはないけど、ちょっともおもしろいことがおまへんねん」

レールの曲がる方向を先に見ておくという手段が、科学理論で闇の部分をなくすということになるのかもしれない。そして、闇の部分がなくなってしまった結果、「おもしろくない」という結論に達したわけである。

恐怖体験の当事者にはならず、怖がっている人たちを安全な立場で傍観するのは楽しい。もっと楽しいのは、途中までは登場人物と気持ちを共有して恐怖を体験しているのだが、いよいよ恐怖がリミットに達したときにパッと当事者から傍観者の安全な場所に逃亡する。その時に緊張が緩和して、人は笑うのである。怪談噺や怪談芝居、ホラー映画の恐怖シーンの直後にときとして「笑い」がおこるのはその理屈なのである。

この噺は四代目染語楼さんのために書き下ろして、夏場にはよく演じてくれていた。四代目の淡々とした口調が、怖がらせながら笑わせるというこの噺のテイストにぴったりだった。現在は四代目の息子の市楼さんや、笑福亭生喬さんがたまに演じてくれている。

ぬか喜び
――タイトルのセンス

京都府立文化芸術会館で隔月に開かれている「上方落語勉強会」の「お題の名づけ親はあなたです」で九四年十一月十六日に初演された作品である。このタイトルを考えてくださったのは京都の古い落語ファンのSさん。サゲを聞いたあとでタイトルを思い出すと「なーるほど」と感心するというセンスのいい命名だった。

落語のタイトルを付けるというのは、生まれた我が子に命名するようなもので、作者としては嬉しい一瞬だ。その至福の時をお客様に差し上げようという企画は九四年一月の回からスタート。この企画は今でも継続しているが、意外と難しいようで、こちらが「なるほど！」と膝を打つようなタイトルはなかなか出てこない。

その噺の中で一番印象に残ったフレーズをそのまま付けるというパターン、ことにサゲの一言を付けてくださる方も多かったが、残念ながらこれではネタバレになってしまう。古典にも

『百年目』、『たちぎれ線香』、『煙草の火』のような例があるのだが、古典の場合は、そもそも落語のタイトルというものは楽屋内の符丁であり、お客さまにお知らせするものではなかったから「ネタバレ」でもよかったわけである。今のようにタイトルを先にお知らせしてから演じることが一般的になった時代にはタイトルにも工夫が必要だ。その点、この『ぬか喜び』はひねりの利いたいいタイトルだと思う。

江戸時代の小咄本に載っていたストーリーに手を加えて一席にした。演者に塩鯛さんを選んだのは、めでたい夢を見たと信じてゲラゲラ笑い続ける家主のキャラクターが当時「都丸」と名乗っていた現・塩鯛さんとぴったりだったからである。

どんな噺なのか、短いものなので台本でお読みいただこう。

○　○

辰「いま帰った」

嬶「まーあ、今時分までどこうろうろうろうろうろしてたんやいな、この人は」

辰「何をぼやいてんねん、おまえは。ちゃんと言うて行ったやないかい。『今日は天満の天神さんへ初詣でに行く』て」

嬶「『天満の天神さんへ初詣で』ちゅうのは聞きましたわいな。けど、帰りが遅すぎるやないか。天満の天神さんが岡山あたりへ宿替えしたんか？」

辰「おまえ、そんな皮肉な言い方すな。天満の天神さんへ行って（柏手を打って）お参りしたんや。ほたら、帰りしなに、参道で由《よし》に合うたんや、由に。久しぶりやがな。『正月早々この人ごみの中でベターッと会うてなことは、これこそ天神さんのお導きやで。こらあ、このまま別れたんでは道《み》っあんに対しても申し訳がないやないかい』ちゅうて、二人でちょっと一杯……」
嬶「そやろと思うたわ。……ところで、誰やねん、その『道っあん』ちゅう人は？」
辰「『道っあん』知らんか？　菅原道真公のことやないかい」
嬶「ツレみたいに言いなはんな。いいやいな、あんたが出て行ったあとな、家主さんとこからすぐに来てくれてお使いが見えたんやがな。あんた、『天神さんへ行く』ちゅうてたさかい、じきに帰って来ると思うて、『すぐにやらします』と言うたのに、あんた、ほんまに鉄砲玉やなあ。なかなか帰って来えへんやないか。家主さんとこからは、あとからあとから『まだ帰って来えへんのか』『まだか』ちゅうて、なんべんもなんべんもお使いが来るもんやさかい、わたい、正月早々胃《い》が痛となってしもた。早いとこ家主さんとこへ行って来なはれ！」
辰「ポンポンポンポンポン言いないな。家主とこ、なんの用事や？」
嬶「そんなことわたいがわかりますかいな！　自分で行って聞いて来なはれ！」
辰「ほな、行ってくるわ！　ほんまにもう、正月早々ポンポンポンポン言いやがって、ほんまに。しかし、まあまあ、あいつの怒ってる顔見てたら、獅子舞見いでもかまへんさかいな。考えようによったらめでたいこっちゃ。しかし、家主のとこで何の用事やろなあ」

ここまでが導入部。季節が正月であるということと、家主が呼んでいるという基本情報を知らせる部分である。

ここで、家主が陽気に登場する。

家主「ハハハハハハ。どんどんやっとくれや、どんどんどんやっとくれや。こんなめでたいことはないねんさかいに。もう、朝まで飲みどおしの、食いどおしの、笑いどおしで行ってもらいたい。おおいに盛り上がってもろてなあ。米《よね》やん！　米やん、飲んでるか？　ああ、結構結構。あとから酒も肴もどんどんどんどんくるさかいな。……ああ、お咲さん、えらいすまんなあ。用事ばっかりさせてからに。今日は女手がないのでなあ、あんたにばっかし無理を言うてるんじゃ。落ち着いたら、あとでゆっくりと飲んでもらうさかいに。どんどんやってや、どんどんやってや。ハハハハハハ。こんなめでたいことはないねんさかいな」

上機嫌の家主を描写しておいて、その場に集まっている長屋の衆との会話になる。

辰「松っあん、松っあん」
松「おお、辰やないかい。いま来たんか？」
辰「そやねん。家主さん、えらいご機嫌やなあ」
松「ご機嫌どころやあらへんがな。朝から笑いっぱなしやがな。アゴ外れへんかいなあと心配してるくらいや。長屋の者集まってんねけど、今日はえらいええ酒出してくれて仕出しもええとこから取ってくれてんねん。おまえとこも呼びに行ってたやろ？　なにしてたんや？」
辰「あんな、天神さんへ初詣行ったら友達と会うたもんやさかい一杯やってたんや」
松「ああ、そうか。なんにせよ、皆、やってんねん。早よ飲んで、追いつきや追いつきや」
辰「わかったわかった。わかってるけどな、松っあん、なにかいな。おまえ、だいぶと前から来てんのか？」
松「そやなあ。もうかれこれ三時間になるか」
辰「三時間？　三時間前からそこに座ってんのか？」
松「そや」
辰「ほたらなあ、ちょっとたずねるけど、これ、なんの宴会や？」
松「え？」

辰「いや、家主さんが笑うてるさかいな、祝いの席やちゅうことはわかるねんけどな、これ、何の祝いやねん？　ちょっとそれ、教えてもらいたいねん」

松「……そんなことどうでもええやないかい。家主が怒ってるとか難しい顔してるとかやったら、言うたらあかんこともあるやろけど、笑うてんねやさかい、ええやないか。盛り上がってんねんさかい、まあ一杯いこ」

辰「さあ、そやねんけどやなあ、なんの宴会かわからんと飲んでたら、飲んでる酒が身に付かんやろ。それさえ聞いてたら気軽に飲めるやないか。ちょっと教えてえな、教えてえな。おまえ、三時間前から座ってんねやろ？」

松「まあ、もうええやないか。もうええ具合になってんねんさかいな。そんな野暮なこと聞きないな」

辰「その気持ちもわかんねんけどな。ちょっと教えてえな」

松「おまえ、いつもしつこいさかい嫌いやねん。いやいや、確かにわしは、ここに三時間前から座ってるけどやねえ、三時間前から座ってるということとやな、この宴会がどういう宴会であるかということを知ってるかということは……別のことやということをやね……」

辰「……なにをゴジャゴジャ言うてんねん。どないしてん？」

松「いやいや、ぶっちゃけ話するけどな、正月早々銭もないしやなあ、家でゴロゴロゴロゴロしてたんや。ほたら、徳が呼びに来てな。『おい、家主とこで呼んでるらしいで』『なに？　家主とこ？　正月早々店賃の催促か？』『ちがうがな。なんぼあの因業な家主でも正月早々、店賃の催促したりするかいな。なんや祝いごとらしいわ。集まれ集まれ言うとんねん。こういう時は食いはぐれのせんもんや』『ああそうか。ほな行こか』言うて、あっさりと来たんやけどねえ……」

辰「つまり。知らんのか？」

松「はい」

辰「『はい』やないがな。先に言え、先に。ごちゃごちゃ言いやがって」

まずはあっさりと知らないと白状する一番シンプルなボケである。続いて何を言ってもかまわない、無敵の酔っ払いの登場である。

辰「熊はん、居てるか。熊はん？　ああ、居てた。おい、熊はん」

熊「(酔って) お、おお、辰やないか。こっち来いこっち来い。お、おまえ、今来たんか？」

辰「今来たとこや。ええ具合のとこ、悪いねんけどな、ちょっと聞きたいことあってな、今日こないして長屋の者が集まってんのな、なんの宴会で集まってんねん？　ちょっと教えてもらいたいねん」

熊「な、な、なに？　おまえ、なにか、この座がなんで集まってるか知らんと、酒を飲もうとしてるんか？」

辰「大きな声出しないな。遅れて来たんで、事情がわからへんねん。頼むさかい教えてえな」

熊「しゃあないやっちゃな。よしっ！　ほたら、わしが教えたろ。また、今日はあのシブチンの家主にしたら、灘のええ酒出しよってな……。（飲み干して）ああ。おおきに注いでくれるのん？　え、えらいすまん。こんなええ酒、出すような家主やないで。（飲む）また、この肴がええねん。わしゃ、海鼠腸《このわた》で飲んでんねん。これさえあったら、なんにもいらんねん。（ズルズル）ハハハ。こらあ、ええ具合や」

辰「い、いや、あのな。飲んでんのはええんやけどな。何の宴会やちゅうことを……」

熊「やかまし言うな。いま、教えたるわい。……ここに娘が三人居てんの知ってるやろ？　一番上の娘はもう嫁入りして片付いてんねん。ところが末の娘は次女《なかて》がまだ嫁に行ってへんもんやさかい、なかなか嫁に行かれへんねん。それと言うのも、一番上と一番末は母親に似てベッピンやねん。ところが、自然のいたずらというもんは残酷なもんやねえ。次女だけが、どういうわけか、ここの家主に似て鬼瓦みたいな顔しとんねん。縁が遠なるのも当たり前や。ところが、世の中の進歩というものはえらいもんで、見合い写真の大幅な修整と仲人のおばはんのすばらしい弁舌によって、みごとに次女の縁談が決まった……」
辰「なるほど！　ここのお嬢さんの縁談が決まったんかいな？」
熊「……とかやねえ」
辰「なんやねん、それは？」
熊「女の子のほかに男の子も一人居てるやろ？　ここの一人息子。家主さんが『これからの男は上の学校を出ないかん』ちゅうてな、ある大学の試験を受けさせたんやと。ほたら、息子が『私とこの大学とは意見の相容れないところがあります。わたしはこういう大学には行きたくありません』ちゅうて蹴りよった。なかなかえらいやっちゃなあ……と思うてたら、学校のほうも『この成績ではうちの大学とは相容れないところがあります。入学できません』……。相討ちになってんねん。それから六年間や。六年間、ずっと灰色の浪人生活の末、このたび、晴れて大学の試験に合格した……」
辰「あ、なるほど。ここのぼんぼんの入学が決まったんかいな？」
熊「……とかやねえ」
辰「またかいな」
熊「けど、それぐらいしかないやろ、この家でお祝いすることちゅうたら。あと、家主の嫁はん……お婆んが死ぬくらいのこっちゃけど、お婆ん、あそこで達者で働いてるがな。なんにしても、その二つのどっちかで間違いないいんとちゃう？　ま、一杯いこ」

二つ目の「知ったかぶり」のボケである。最初より少し手が込んでいて、少しずつボケのレベル（？）を上げているわけだ。さらに続けて……

辰「どもならんな。グズグズグズグズグズぬかしやがって。頼りになるやつはいてないな。こうなったら、長屋の常識と言われた米やんに聞くのが一番やな。……おい、米やん！　ちょっと尋《たん》ねるけどなあ」

米「（泥酔して）ふぁ、ふぁ、ふぁ、ふぁ。ぴやーっ！」

三つ目はより複雑になると思わせて肩透かしするボケである。

辰「……普段しっかりしてるだけに、酔うたらボロボロになったある。ろくなやついてへんなあ、この長屋は。しゃあないなあ、こうなったら、家主さん本人に聞かなしゃあないわ。……えー家主さん。えらい遅なりまして」

家主「おーっ！　辰っあんやないか。いやいやいや、待ってたんや。あんたが入って来たんはわかってたんやけど、こっちでいろいろとしゃべってたもんで、なかなか行けなんだんや。えらい失敬したな。あんた、この長屋ではいける口やさかいな、あんたが来てくれなこの酒盛りも盛り上がれへんがな。なんべんもなんべんも使いを出して、あんたとこのおかみさん、怒ってなかったかいな？　ああ、そうかそうか。おかみさんも、また落ち着いたら、来てもろてや。今日はもう夜通し飲んで騒ぐねんさかいな。もう、こんなめでたいことはないねんさかい、どんどんいって、どんどんいって！」
辰「えー、そこで家主さんにおたずねしたいんでございますけど」
家主「な、な、なんやねんな？」
辰「あのー。このお祝いの席は、なんのお祝いなんでっしゃろか？」
家主「な、なに？」
辰「い、いえ、みな、こうやって騒いでますけど、なんのお祝いで集まってるんかナー……といういうことをお聞きしたいんですけど」
家主「え？　なんの祝いかちゅうことを……？　あ、ああ！　ハハハハハ。そういうと、なんで集まってもろてるかを言うのをコロッと忘れとったがな」
辰「『忘れとった』やおまへんがな。ほな、なんでっかいな、長屋の連中、なんで集まってるかわからんと飲んでますのんかいな？　そんなアホなことおまっかいな」

ここで、ほんとうのサゲの笑いに導くための、軽い笑い呼び水の笑いを入れておく。ここの笑いが大きすぎるとサゲが尻すぼみになるので要注意である。

さて、いよいよサゲである。本来の小咄はここから始まるので、ここまでは全くの創作なのだ。

家主「ええのじゃ、ええのじゃ。めでたいことやさかい、どんどんどんどん飲んでもろたら、それでええのじゃ。実を言うとな、正月早々、この上もないめでたい夢を見たんじゃ」

辰「ほお。家主さんが、おめでたい夢を？　あのー。わたしらもあやかりたいんで、どんな夢か聞かせてもらえまへんやろか？」

家主「ああ、聞いとおくれ。実を言うとな、ゆうべというより今朝がたやさかい、これがほんまの初夢やと思うねんけどな、キュウリの古漬けの夢を見たんや」

辰「はぁ？」

家主「キュウリの古漬けの夢をな。それも、ただのキュウリやないねんで。この家くらいある大きな大きなキュウリの古漬けがな、天井からドサーッと落ちてきよったんじゃ。こんなめでたい夢はないと思うてな。なんと言うてもキュウリじゃからな」

辰「……あのー、こんなこと言うてなんでございますけど、キュウリの夢て、めでたいもんでっか？」

家主「めでたいやないかい。おまはん、なにも知らんのじゃな。昔からよう言うじゃろ？」

辰「へえへえ。昔から？」

家主「一富士、二鷹、三……。間違うた」

○　○

実によくできた小咄で、原文のさげは

「一富士、二鷹、南無三、違うた」

この「南無三」というフレーズがいかにも古風でおもしろいのだが、現代のお客様には通じないと判断。涙をのんで「まちがえた」に変更した。

よくできた小咄を見つけた時は嬉しいものだが、そのサゲにたどりつくまでも退屈させずにもっていかないといけない。この噺の場合は、宴会に寄り集まった長屋の連中が誰ひとりなぜ祝っているのかを知らないことにして、いろんな想像をしゃべるくだりで笑っていただくことにした。一席の落語として成立するかどうかは原作の小咄にどんな「飾り」を付けるかで決まるのである。

座長の涙
——現代の芝居噺

ある町に初めてやって来た大衆演劇の一座。その楽屋を訪れた入座志望の若者が、「幼いころに生き別れになった母親と再会するため、大衆演劇の役者になって父親の芸名・尾上菊松を名乗り日本中を回っている」とけなげな身の上話をするので、すっかり感動した座長の佐野川玉五郎は入座を許す。しかし、小屋主の情報によると、若者は町内の仏壇屋の倅で、大の芝居極道。自分が舞台に立ちたいために、身の上話を捏造して同情を得てはあちこちの一座の舞台に出演しているとのこと。いよいよ、その晩になって初日の幕が開く。座長が『一本刀土俵入』の主役の駒形茂兵衛を演じていると、若者は坂本龍馬の役をこしらえて登場。幕切れのいい場面をさらってしまう。幕が閉まって座長が怒っていると、若者は勝手に歌謡ショーの幕を開けている。あきれている座長に頭取が「けど、やっぱり素人の仏壇屋ですな。歌はうまいけど、歌と歌との間のしゃべりがなってまへん。特にお年寄りのお客さんは気ぃ悪うしてはりまっせ」。座長が「あいついったい、何を言いよったんや？」とたずねると、頭取「へえ。歌うたいながらニコーッと笑うて『お客様は……仏さまです』」。

○　○

大衆演劇が大好きで、自らも商業演劇の脇役として舞台に立っている桂団朝さんのために書いた作品である。サゲのフレーズは歌手の三波春夫さんの名台詞「お客様は神様です」を使わせていただいている。私の作品で大衆演劇を扱ったものは『神だのみ筑豊篇』というのがあるが、そのサゲにも三波先生の同じフレーズを使わせていただいている。流行語をサゲに使っているわけで、このサゲもいつまで通用するか……と心配していたが、今では「古典」となって原典は知らなくとも「おなじみのフレーズ」として普遍的になっているようだ。一九九五年十一月二十日に京都の「上方落語勉強会」で初演。お客さまがタイトルを付けてくださった。

大衆演劇の一座に子供向けのミュージカルをやらせようという噺も作った。これは、歌が大好きで、マクラでもすきあらば歌いはじめる桂吉弥さんのために書かせていただいた『唄え一休！』という作品である。タイトルからわかるとおり、アニメでおなじみの一休さんの世界を「こんにちは赤ちゃん」、「夏のお嬢さん」、「愛あればこそ」、「おもいで酒」、「やっぱ好きやねん」の替え歌を熱唱しながら描いていくというバカバカしい作品で、吉弥さんも楽しそうに演じてくださった。二〇一七年九月二十七日に京都の「上方落語勉強会」で初演されている。

噺の分類でいくと「芝居噺」になるのだろうが、私、この種の噺が大好きなのである。本書の中にも『わいの悲劇』や『G&G』という芝居や歌にノッて演じる作品が紹介されているが、フシ、すなわちメロディーにのっている芸はある意味で最強なのではないかと思っている。知性で理解して「シャレてるなあ」という笑いも楽しいが、知性は素通りしていきなり感性に訴えて、聞き手の心を浮きに浮かせて楽しませる作品は作っていても楽しい。そう考えると「浪曲」こそ最強の芸能ではないかと思う。ただし、演者に「芸」の心得がないと上演しても効果がない。この噺でも、大衆演劇の芝居の「型」だけを真似てもほんものを知っているお客様は騙されない。演者が団朝さんだからこそ成立する噺なのだ。

団朝さんには、この噺のほか、松竹新喜劇の名作『幸助餅』を落語化する時のお手伝いもさせてもらった。団朝さんが松竹新喜劇の大ファンで当代の渋谷天外さんに正式に落語化の許可をいただいての輸入である。団朝さんがどのくらい熱心なファンかというと、その令夫人が新喜劇の看板女優・川奈美弥生さんであることからもよーくわかる。

私自身、『座長の涙』を書いた九五年の十月に枝雀さんが藤山直美さんと共演するお芝居『おのぶの嫁入り』の台本を書かせていただいたことは『貧乏神』の項でも書いた。当初は一観客として客席から楽しませていただくつもりだったのに、枝雀さんから「あんさん、落語を書いてんねんさかい、粗筋だけでも書いてみなはれ」

との命がくだったので、ほんとにA4用紙に一枚半ほどの「粗筋」を書いてお渡ししたところ、それが採用されてしまって台本まで書かせていただくことになった。

演劇の台本を書いてみてわかったことは、「落語の台本は楽やなあ」ということ。演劇の台本だと大道具や衣装、舞台上の動きまで指定しなくてはならない。落語の場合だと、特に指定しなくとも登場人物の出入りは自由自在。しゃべったり、しゃべりかけられたりしない間は勝手に消えているし、それまで一言もしゃべっていなくとも、しゃべりだした瞬間にいきなりそこに存在することになるのだ。演劇だと役者の「登場」と「退場」をきっちり指定しなくてはいけない。三十年ほど前にあるお芝居の台本を書いたときなど、役者を退場させるのをすっかり忘れていたために、舞台の上に役者さんたちがひしめき合うという悲惨な状態になったことがある。

『おのぶの嫁入り』の時は演出家の先生がちゃんと交通整理をしてくださったこともあって舞台に役者さんがあふれるという事故はなかったものの、文字で「ここで舞台廻る」と書いたら廻り舞台が動き、「このところ、道具せりあがる」と書くとほんとに大道具がせり上がってくるのは、当たり前のことながら感動的だった。

そして、もうひとつ感動的だったのは、あの憧れの小島秀哉さんに自分の書いた台詞をしゃべってもらえたことだった。私も団朝さんに負けない松竹新喜劇ファンなのである。

G＆G
――替え歌の魅力

CD……雀三郎の落語③（東芝EMI）

八十歳の森老人が町を歩いていると、若い女の子をナンパしている派手な格好の老人と出会う。それはなんと知人の鹿田だった。鹿田は老人仲間とビジュアル系ロックバンド「G＆G」をやっていると言い、いやがる森をバンドの練習に連れて行く。そこでは老人たちが演歌や童謡の替え歌を歌って楽しんでいる。ノッてきたら曲の終わりに「ファイヤー！」とシャウトしてくれ……と言われるが、歌詞が陰気なのでノることができずなかなかシャウトしづらい。「このくらいならわしでもできる」とギターを借りた森が〽さらばこの世よ……と歌い始め、〽阿倍野斎場焼き場……と歌いあげると、鹿田も「焼き場？ それやったら言えますわ。ファイヤー！」。

○　○

桂雀三郎さんと四代目林家染語楼さんに相次いで初孫が生まれたことを記念して「第二次雀

三郎みなみ亭　なっちゃったおじいちゃん二人会」という落語会が大阪のトリイホールで開かれることになった。一九九八年七月二十八日のことである。その時に雀三郎さんのために作った「おじいちゃん」が主役の新作である。替え歌がメインの噺で、私の台本ではアカペラの予定だったが、初演の当日に楽屋に行ってみると、雀三郎さんの様子がおかしい。一生懸命ギターの稽古をしているのだ。聞いてみると、初演にそなえて替え歌をギター弾き語りで披露しようと、ギターの師匠であるリピート山中さんの指導のもとで猛稽古をしたのだという。

雀三郎さんと音楽の縁は八八年に室内楽団とのコラボの新作落語『雀三郎はかく語りき』の中で、「ハンガリアン舞曲」のラストでシンバルを三発打った経験から始まる。その直後にギターの稽古を始めて、九六年にはリピート山中作曲の名曲『ヨーデル食べ放題』を発表。それが大ヒットしていた実績があったので実現した演出なのである。

噺の途中でバンドの面々が「我々の演奏を聞いてもらお」ということになって、雀三郎さんが舞台のソデに

「私の楽器はどこにおますかいなあ？」

と言うとお茶子さんが楽屋からギターを持って出て来る。それを受け取って、おもむろに歌い始めたものだから、お客様は大喜び。その時以来、ギター演奏入りの高座が定番となった。

この噺で歌われる替え歌は四曲。最初の一曲だけを鹿田が歌い、それを聞いた森が

「そんなんやったら、わたしでもできます」と言って三曲続けて歌うことになる。鹿田から森がギターを受け取るシーンでは、鹿田がギターを差し出して、森が受け散るという動きを古典落語のテクニックできちんと見せるのが律儀でいい。

全部で四曲歌うのだが、三曲目をごくごく短い歌にした。同じような長さの曲を四つも続けるとお客様が飽きてくる。短い曲を気を変えるスパイスとしてはさんでみた。

落語の途中でギターを弾いて歌いだすなんて型は本邦初……だと思っていたが、昔の寄席では「音曲師」と呼ばれる芸人が三味線を弾いて歌を披露する「音曲噺」というジャンルがあった。つまり、雀三郎さんは「音曲噺」を現代に復活させたのである。

それだけでも大胆なのに、初演から一か月も経っていない八月十六日、千四百人収容のサンケイホールで開かれた「米朝一門会」という晴れ舞台の、しかも米朝師匠のひとつ前の出番で披露したのである。今だから言うが、私は「なんと無謀なことを……」と思っていた。そして「どう言うて米朝師匠にお詫びをしようか」とまで覚悟していたのだが、予想はあっさり覆された。雀三郎さんがギター片手に歌いはじめると客席は爆笑の渦。ソデで出番を待っておられた米朝師匠も〝必ず盆に帰って来ると……というくだりで「ブーッ！」と噴き出されたのを目撃して、小さくガッツポーズをしたものだ。次に高座に上がった米朝師匠は開口一番に「雀三郎もとうとう……雀三郎になってしまいました」

と意味不明だけれども、確実におほめいただいているコメントをくださった。
それ以降、米朝一門会で米朝師のモタレ（直前の出番）は雀三郎さんという時期がしばらくつづいた。雀三郎さんも、サゲの直前に客席に
「よかったらごいっしょに」
と声をかけると、客席のあちこちから握りこぶしを天に突き上げて
「ファイヤー！」
と唱和してくださるお客様も増えてきた。その後に高座に出た米朝師は座るなり
「私もぼちぼち、ファイヤーになりますが……」
と言って爆笑を取っておられた。客席の反応を聞いた雀三郎さんは一言
「米朝師匠、ボクの『G&G』全体をネタ振りに使うてはる……」
替え歌は得意なジャンルだった。高校生のころ、大阪のラジオ番組に替え歌を投稿し、採用されて記念品のシャープペンシルやボールペンをもらったものだった。替え歌の醍醐味は、できるだけ原作の要素を残しながら、できるだけかけはなれた内容のものにすること。その落差が大きければ大きいほど快感は大きかった。そのころの経験が役に立ったわけである。
替え歌の出てくる落語というと春風亭柳昇師匠の『カラオケ病院』。アカペラでフワフワ歌う柳昇師の声のおもしろさだけでなく、文句のセンスの良さにも脱帽。私自身、大好きなネタ

である。

新作落語を作る時の作者のひそやかな楽しみのひとつに、登場人物の名前で遊べるということがある。この噺の主人公の森さんというのは雀三郎さんの本名で、鹿田さんは染語楼さんの本名だ。そのほか、ドラムスのサンセット加藤こと加藤利助さんは川柳川柳師匠の、キーボードのグリーンハイツ中沢さんは先代三遊亭円歌師匠の、リードギターのトレモロ三浦さんは漫談のテントさんの本名を無断で拝借している。こんな遊びができるのも作者のささやかな特権なのである。

この作品を作った翌年、一九九九年四月十九日に枝雀さんとお別れした。

その直後、ある落語家さんから
「これまでは枝雀師匠の力で笑わせてたけど、これからはいよいよ小佐田はんの力で笑わせられるかどうかの勝負になりまんな」

と言っていただいた。その一言のおかげで、「枝雀さんが居ないのなら落語を書くのをやめよう」と思いかけていた私は、今も書き続けている。言ってくれたご本人に確かめたら、そんなことはすっかり忘れていた。テレて忘れたふりをしているのか、ほんとに忘れているのか不明なのだが、私にとってはとてもありがたい一言だったことを告白しておく。

星野屋
――江戸から上方、そして歌舞伎

CD……桂文珍④(ソニー)
DVD…桂文珍一〇夜連続独演会⑦(吉本興業)
桂文珍大東京独演会⑨(吉本興業)

妾のお花の宅にやって来て、いきなり別れ話を始めた星野屋の旦那。聞けば、身代が傾いて暖簾を下ろさなくてはいけなくなり、二十両の手切れ金で別れてほしいと言うのだ。涙ながらに「別れてくれと言うぐらいなら、いっそ死ねと言ってください」と言うお花。それを聞いた星野屋は喜んで「それなら、いっそ心中しよう」と持ち掛け、お花の返事もきかず「今夜九つ(午前〇時)に迎えに来るから難波《なにわ》橋から飛び込んで死のう」と決めて、さっさと帰ってしまう。実は死ぬ気など全くないお花が途方に暮れていると、隣の部屋で聞いていた母親が「難波橋までいっしょに行ったら、橋の上から旦那だけ飛び込ませて、あんただけ帰って来たらええ」と知恵を付ける。その夜、難波橋まで同行したお花は旦那ひとり飛び込ませ、さっさと帰って来てしまう。ほっと一息ついていると、そこに星野屋の旦那を世話してくれた藤助がやって来て、「うたたねをしていてふと目を覚ますと星野屋が枕元に座っていて恨みを語り『お花とその母親を取り殺す』と言って姿を消した」と語る。おびえたお花が「どうしたら旦那に成仏してもらえるか」と相談するので、藤助は、髪を下ろして尼になるように勧める。お花が頭を手ぬぐいで包んであらわれて切り髪を差し出すと、そこに死んだはずの星野屋の旦那が現れる。藤助の言うには「さっきの心中はお花の心を試したもので、もしもいっしょに飛び込んでいたら、すぐに救われて星野屋の後妻に収まることになっていた」という。切り髪を手にあざ笑う藤助に、お花は「それは付け髪（かもじ）や。手切れの金はもらっておきます」と言い返す。藤助に「それは贋金で持っているだけでかかわりあいになる」と言われ、お花は母親に「それは贋金」と告げると、母親はあわてて財布を投げ返す。それを拾った藤助が「これはほんまもんや」と笑うと、母親が「そない思うたさかい、ここに三両くすねておいた」

〇　〇

ストーリーはおもしろいはずなのに、なぜかあまり聞く機会のない噺がある。その代表がこの『星野屋』だった。「落語事典」で粗筋を読み、速記を読んだら、騙し騙されの応酬で、まさに手に汗握る展開の物語なのだが、なぜかワクワクしない。名人・八代目桂文楽師の録音でもピンとこなかったのだから、これは演者の腕の問題ではない。ネタの構成に難があるのではないか……と思いついた。私自身、新作落語と同じくらいの数の古典の改作や復活を手がけているが、改作してみたいと思うきっかけは、聞いていて「こうしたほうがもっとおもしろくなるんとちがうか?」とアイデアが浮かぶことである。この噺の場合は、構成から変えてみようかと思った。
この噺、「桂文楽全集(下)」(立風書房)の解説を読むと、文楽師が
「昔は真打ん(に)なりますとねェ、こういう人情噺めいた噺を、知ってないと真打ンなれなかったんですよ」
と言っていたとある。この場合の「人情噺」とは涙を催させる「いい噺」の意味ではなく、続き物の世話講談風の噺のことである。なるほど速記を見ると
「弁天山の五重塔の下に茶店を出している女で『すずし野のお花』とかいう」と紹介されていたり、「星野屋」というあまり耳に馴染みのない店名が出てくるのも、どこか「実録」めいている。
落語を聞いているお客様は、登場人物の誰かに共感を持って感情移入しながら噺の世界で遊ぶものである。ところがこの噺については、どの登場人物もいまひとつ決定的な魅力に欠けているように思った。そこで誰か「おもしろい」と思える人を探すことにして、最終的に白羽の矢を立てたのがお花の母親だった。
この噺の陰の主役はお花の母親ではないだろうか。おそらく、文楽型ではサゲをより際立たせるために、母親の存在を陰にまわしておいて、最後の最後に登場させたのではないかと想像

するのだが、派手好みの上方者としては、そんなおもしろいキャラにはもっと黒幕として活躍してほしくなる。そこで、星野屋の旦那が心中の約束をしていったん店に帰った直後から登場していただき、途方に暮れているお花に「死なないで済む心中のし方」を伝授することにした。お花が

「おかあちゃん、心中に詳しいなあ」

と感心すると

「当たり前やがな。わてかて若いころは、心中の五へんや六ぺん」

と平然と言ってのける、痛快で色香が少し残っているおばさんにした。

ここまで考えたところで、演者を誰にしたらいいかで迷いが生じた。登場人物全員が騙しあいをするという、クールなストーリーを嫌味にならず爽快な物語として伝えることができる落語家。この噺を「コント」として、演者には登場人物にあまり感情移入せず、距離を置いて演じてもらえる落語家を捜しはじめた。そこで、思いついたのが桂文珍さんである。当時、文珍さんの高座は見ていたことがあるものの、ほとんどおしゃべりをしたことはなかったが、独演会の楽屋にお邪魔して

「登場人物が全員騙しあいをするという映画の『スティング』みたいな噺があるんですけど、師匠にぴったりやと思いますねん」

と、今思うと大変失礼な提案をぶっつけた。文珍さんはにこやかに
「そうですか。ありがとうございます」

とお礼は言うてくれたものの、眼鏡の奥の目では
「騙しあいがぴったり……て、そらどういう意味や！」としっかり突っ込みを入れておられた。

そんないきさつがあって、文珍さんに台本をお届けしたのは一九九九年五月のこと。そして、翌年八月八日にNGKで開かれた「8・8桂文珍独演会」で上演していただくネタにまで成長。

文楽型との相違点はまず導入部にある。文楽型ではまず、星野屋の女中がお内儀に、旦那の浮気を言いつけたことから、旦那がお花と手を切る約束をさせられるシーンから始まる。星野屋の旦那は入り婿で逆らえない……という事情があるので、お花の元にやって来て別れ話を始めるという運びになっているのだ。

この冒頭のお内儀さんとのやりとりをすっかりカットし、星野屋の旦那は六年前にお内儀と死別したことにして、七回忌をきっかけにお花を後妻に直すかどうか判断する必要が生じたことにした。そこで藤助（文楽型では重吉）に前もって相談してからお花の住む妾宅にやって来るという設定にした。

星野屋とお花の心中の場は下座を入れて芝居噺の雰囲気にした。飛び込んだ星野屋の姿を目で追ったお花が川面に映った月に気づき、空を見上げて

「きれいなお月さん」

と言うと下座で合方になるあたりは歌舞伎の『十六夜清心《いざよいせいしん》』の雰囲気をいただいている。そして、そのあとは怪談噺になって、最後は言葉のラリーによる鮮やかなサゲ……といろんな要素が詰まった盛りだくさんな一席に仕上がった。

現在は文珍さんから若手の多くの人たちに伝えられ、上方落語のレパートリーの一つになっている。

この噺が歌舞伎になった。

二〇一八年二月に博多座のお芝居を観に行った時、中村勘九郎さんと中村七之助さん兄弟の楽屋に挨拶にうかがった。お二人とは笑福亭鶴瓶さんが演じてくれた『山名屋浦里』を歌舞伎にする時に台本のお手伝いをして以来のお付き合いだ。その時のいきさつは「上方らくごの舞台裏」に記したとおりである。楽屋に顔を出すと七之助さんから
「歌舞伎座の八月納涼歌舞伎で市川中車さんとごいっしょするのだけど、二人で演じるのにふさわしい落語はないでしょうか？」

とのご相談だった。そこで思いついたのがこの噺。主人公のお花を七之助さん、星野屋の旦那を中車さんという設定で台本に仕立ててお渡しした。歌舞伎では「お花」という名前では野暮ったく感じるので七之助さんの本名から一字拝借して「おたか」と改名。星野屋の旦那の名前

も、中車さんの本名からいただいて「照蔵」とさせてもらった。そして芝居の中で怪談噺を披露する藤助役は落語にも造詣の深い片岡亀蔵さんにお願いした。そして、キーマンである母親のおくまの役は七之助さんのアイデアで中村獅童さんが演じることになった。獅童さんの女形はほんとうに久しぶりのことで、その怪演は客席をおおいに沸かせてくれた。

演出は『山名屋』の時と同じ今井豊茂先生である。歌舞伎化するにあたって大きく手を加えたところは心中の場面。序幕の妾宅では、おたかに母親が心中のレクチャーをするくだりのコント風のやりとりで大いに沸かせ、次の心中の場では歌舞伎座の間口いっぱいに吾妻橋の欄干を飾り、義太夫の『蝶の道行』を借りての道行の演出にした。振り付けは尾上菊之丞さんで、とてもおもしろい、笑える「道行」をこしらえてくれた。そこでの中車さん、七之助さん、さらに獅童さんも加わっての暗闇の探り合いの動きの鮮やかさとおもしろさは歌舞伎ならではの豪華な演出だった。

そして、元の妾宅の場に戻ってからの藤助の怪談噺のあと、落語では星野屋は普通に訪れるのだが、歌舞伎では照明を落とし、幽霊火を飛ばしてドロドロの下座を入れ幽霊の扮装をして障子の陰から現れる。そして、逃げ惑うおたかと母親を追い回す。こういう立体的なドタバタはお芝居のほうが有利だ。

そして、ラストの親子VS星野屋の騙しあいのラリーになるのだが、落語は母親の

「ここに三両くすねておいたよ」

でサゲになるのだが、芝居ではそれでは幕にできないというのだ。なにより、舞台の上におたか、母親、星野屋、藤助の四人が残ったままなので、星野屋と藤助はどんな顔をして立っていたらいいのかわからない。

そこで、歌舞伎では、「三両」のサゲのあと星野屋が怒って母娘に殴りかかろうとするので母娘は奥の座敷に逃げて入る。いきり立つ星野屋を藤助は「相手が悪い」となだめて花道に連れて行き

「ずいぶんおたか（高）……くつきましたね」

とシャレを言ってなぐさめるのを星野屋が

「おもしろくないっ！」

と怒りながら揚幕に入って退場。

その後、奥から出て来た母と娘の会話になる。

「ここで、おたかに反省の言葉を言わせたらどうでしょう」

と言ってくれたのは七之助さん。そこで、おたかに

「こんなことをしているのが嫌になった。あれだけお世話になった星野屋の旦那から三両もくすねるだなんて、あたしは、おっかさんみたいにはなりたくないよ」

と言わせたあと、母親が
「そんなに言わなくてもいいじゃあねえか。……そんならこの三両、返して来ようか」
と言うと、おたかは膝を立て直して
「おっかさん！　あたしゃ五両」
懐から小判を五枚出すのがきっかけで柝がチョンと入り
「くすねておいたよ」
この終わり方、落語だと蛇足になるかもしれないが、芝居の幕を切るということは、このぐらい押す必要があるのだと勉強させてもらった。
この噺の「本家」である文珍さんにも歌舞伎座に見に来ていただいた。星野屋の旦那が最初に花道から登場するシーンで、「圓馬囃子」という文珍さんの出囃子を使うことにしていた。本家に対する「ご挨拶」である。客席で見物していた文珍さん、突然下座から自分の出囃子が聞こえてきたものだから
「もうちょっとで、私、花道に上がって行くとこでしたで」
とおっしゃっておられた。
終演後、楽屋へご案内すると七之助さん、中車さん、亀蔵さんが待っておられて、七之助さんが楽しそうに

「今日に限って、亀蔵さんの怪談の声がだんだん小さくなっていたんですよ」
と告げ口すると、亀蔵さんも頭をかきながら
「だって、ホンモノが前に座ってるんだもの、やりにくいですよ」
新作歌舞伎『心中月夜星野屋《しんじゆうつきよのほしのや》』は大好評のうちに千穐楽を迎え、翌年の四月には香川県琴平での四国こんぴら歌舞伎大芝居で再演された。この時は母親役を扇雀さんが勤め、白髪のメッシュの入った頭で登場。獅童さんとは一味ちがう怪演を見せてくれた。
また、初演では幽霊火を飛ばすだけの役だった星野屋の手代に「栗三」という名前を付けて勘九郎さんがご馳走役で付き合ってくれ、ひとしきり怪談騒動が終わってから
「私は走って帰ります」
と花道で衣装を引き抜き二〇一九年のNHK大河ドラマ『いだてん〜東京オリムピック噺《ばなし》』の主人公・金栗四三《かなくりしそう》のユニフォーム姿で駆け足で引っ込むというサービスも見せてくれた。そんな「お遊び」も自由に入れることのできる楽しい作品に仕上がったのは、まさに作者冥利に尽きる。

月に群雲
——演者との共作

元・盗人の黒雲の太吉が営んでいる道具屋「黒雲河内屋」では、盗人が盗んできたものを買い取ってくれる。その店を探して二人組の盗人がやって来た。「黒雲河内屋」で盗人が取引をするには店主の親父さんと合言葉を交わさねばならない。その合言葉が「月に群雲《むらくも》」。そう言うと親父さんが「花に風」と答えて商談が始まるというシステムだ。「河内屋」の看板を見つけて「月に群雲」と声をかけると、店の主人から「盗人の河内屋はんやったら、この路地の奥だっせ」と教えられる。ようやく本物の「河内屋」へたどりついて品物を見せるのだが、顔が四つとれた七面観音像とか、手が二本とれた九百九十八手観音像、弁天さんが海に落ちて一人足りない六福神などキズモノばかりで商談は成立しない。そこへ、別の盗人の女房がやって来て、亭主が腰を痛めたので代わりに盗品を持って来たというと、同情した河内屋は高く買い上げてやる。その次に入って来たのがスキのなさそうな盗人。持って来たのは千手観音の折れた手が二本、船から落ちた弁天さん。いずれも高く買い上げてくれるが、最後に出した四面観音だけは取ってくれない。理由を聞くと「仏の顔も三個までじゃ」。

○　○

九九年九月二十一日に京都府立文化芸術会館で開かれた「上方落語勉強会」の企画「お題の名づけ親はあなたです」から生まれた新作である。演者は七代目笑福亭松喬さん。前名の三喬といっていた時代のことである。当時から松喬さんは『花色木綿』など気のいい盗人が活躍する落語を得意にしていた。そこで、松喬さん用に書き下ろしたのがこの作品である。もとになったのは西洋の小咄。

ノックの音がするのでドアを開けてみると、黒ずくめでサングラスをかけた男が低い声で「スペインの雨は主に平野に降る」

「ああ、スパイのスミスさんの部屋は隣ですよ」

……というもの。確か談志家元に教えていただいたと記憶する。これを真ん中に据えて、その前後のストーリーを捏造した。

合言葉が必要な商売ということで、秘密の裏稼業を考えてみた。そこで、思いついたのが盗人から盗品を買い取るという商売。これは、米朝師作の『一文笛』で、主人公のスリが「私らの物ばっかり買うてくれるような商売人がおまんねやけどな」という台詞があることから想像したものである。

初演の台本では、女房が帰ったあとに謎の男が登場して「月に群雲」と合言葉を言うので商談にとりかかろうとすると、そこにさっきの女房が戻って来て、謎の男の顔を見ると「さきほどはお世話になりまして」と挨拶する。河内屋が「あんたら顔見知りかいな?」と質問すると「へえ、そのお人はそこの交番のおまわりさんでな。ここの場所を教えてもらいましたんや」というものだった。アイデアのサゲは文字で読むと伝わるけれど、言葉では発散しにくい。その点、松喬さんの考えてくれた「仏の顔」という謎を解く型のサゲのほうがわかりやすく、落語の結末としてはすぐれていると言える。

演劇の作家先生の中には台本ができた段階で作品の世界が完成していて、演者には一言一句そのままで演じることを要求する方もおられると聞いたが、私は残念ながらそんな立派な先生ではないので、演者さんが工夫を加えてくださるのは大歓迎だ。とくに、よりおもしろく変えていただければ、それに上越す喜びはない。私は、台本は演者とともに作っていくものだと思っているし、演者が「こうしたほうがいいのでは」と積極的に取り組んでくれるのはありがたい。アイデアをプラスしてくれるのは、台本を気に入ってくれて「もっと良くして、いずれは持ちネタに加えよう」と思うからで、落語をおもしろくしてくれるのは落語家の手腕なのである。台本の落語に占める割合は一割か二割でいいと思っている。ただし、その二割は底の部分の二割なのだ。底の部分がなかったら、演者も八割分を上乗せすることができない……というのが「落語作家」のささやかな自負なのだ。

この噺、短い作品なので松喬さんもあちこちで演じてくださっている。

二〇一五年の三月十九日に米朝師匠とお別れしたあと、四月二日に、追善のラジオ番組「百年先も上方落語を〜米朝さん噺の通い路」を東京のTBSで収録することになった。朝九時からの収録というので前日から東京入りして、その夜は新宿文化センター小ホールで開かれた柳家喜多八さんと柳家三三さんの「二人会」を見物させていただいた。打ち上げにも参加させてもらって、そろそろお開きに……とホテルへ帰ろうとすると、ご機嫌になった喜多八さんが

「どうです。これからゴールデン街なるところへご案内申し上げたいんですが」と誘ってくださった。めったにない機会なのでご一緒させていただいたところ、行ったお店が「洗濯船」というバー。お店に入るなり喜多八さんが

「ママ。この人ねえ、ボクの友達で大阪の小佐田さんていう人でね……」

と紹介を始めると、ママが

「えーっ！　小佐田さんて、あの『月に群雲』の？」

まさか、東京の真ん中でこの噺のタイトルを聞こうとは思っていなかったので

「えーっ！　知ってはりますのんか？」と答えると、ママは松喬さんのファンということが判

明、いきなり意気投合して話が盛り上がった。我々のやりとりを聞きながら「珍客を紹介してあげよう」と計画していた喜多八さん、あてが外れていささかご機嫌斜めになって「おもしろくねえなあ……。勝手に盛り上がっちまって……」とぼやきはじめる。それを横でながめていた三三さんは笑いをこらえて悶絶しかけているという始末になった。

結局、その夜は夜中の二時まで飲んで、すっかりご馳走になってしまった。店から出ると喜多八さんは愛車の自転車に乗って帰ろうとするので、三三さんが

「あにさーん！　乗って帰っちゃだめだよーっ！」と『船徳』の竹屋のおじさんのように心配していたのを思い出す。そのあと、私は三三さんにタクシーに乗せていただいて赤坂のホテルまで送っていただいた。

翌朝九時に放送局に行くと松尾貴史さん、桂吉坊さん、そして柳亭市馬さんが待っておられた。市馬さんに

「昨夜は喜多八師匠にゴールデン街で二時までご馳走になりました」とお礼を言うと、市馬さんは笑いながら深く一礼して

「柳家がご迷惑をおかけいたしました」

喜多八さんと飲ませていただいたのは数回しかないが、とても優しくて楽しい酒席だった。『月に群雲』を聞かせてもらうたびに、喜多八さんのことを思い出す。

落言・神棚

――落語、狂言と出会う

提灯屋の辰《たつ》は腕はいいのだが大変ななまけもの。家賃を溜めている上に、家主から頼まれた提灯十丁をいつまでたっても貼らないので、家主から「明日の朝までに完成させないと家を追い出す」と告げられる。しぶしぶ仕事をしようと決心して、勢いを付けるために酒を飲んだところ酔っぱらって寝てしまった。この様子を見ていたのが神棚に住む神様。辰を揺り起こすが全く起きる気配がない。辰が追い出されると自分も宿無しになるので、見よう見まねで提灯を十丁貼って神棚に戻って行く。翌朝目を覚ました辰は、自分が無意識で貼ったのだといいように解釈して大喜び。二十丁の追加注文も引き受けてしまう。そして昨夜と同様、仕事の前に酒に酔って眠ってしまう。途方に暮れた神様は妻神を呼び出して二人で提灯を貼り、なんとか二十丁を間に合わせる。いい気になった辰は「自分は眠っているうちに仕事ができる天才だ」と思いこみ、図に乗って三十丁の注文を引き受けて眠ってしまう。いよいよ困った神様はまたもや妻神に手伝いを頼むが、妻神は腹を立てて姑神に言いつける。神様と妻と姑が口喧嘩を始めると、その騒動で目を覚ました辰は三人の神様をなだめて仕事をさせようとする。が、神様たちからは逆に手間賃を請求されてしまう。居直った辰が神様を言い込めるのを見ていた妻と姑は「辰のほうが度胸が据わっている」と判断。辰を連れて神棚の中へ戻って行く。あとへ残された神様は「みどもを置いてどこへ参る。みどもは、ここで提灯を貼って安楽なシングルライフを謳歌することにいたすわ。あーあ、これでせいせいした。笑え笑え。あーっはっはっは」と笑ったあとベソをかきながら揚幕へ入る。

○　○

狂言の台本を初めて書いたのは、かつて大阪梅田のオレンジルームで開かれていた「おれんじ寄席・顔見世興行」でのことだった。毎年、米朝一門の皆さんが年末の特別企画として漫才を演じたり、ニワカを演じたりしていたのだが、今年はひとつ狂言をやろうということになった。演目は『算段の平兵衛』を狂言にした『算段』という作品。八六年十二月のことで、この時のエピソードは『枝雀らくごの舞台裏』に書かせてもらった。

いきなり狂言の台本を担当することになったのだが、当然ながら書いた経験はない。そのころは狂言も何度か拝見したことはあったものの、歌舞伎の狂言舞踊のほうが馴染みが深かったぐらいだった。それでも、なんとか記憶を頼りに狂言らしきものを書いた。その時に演出をお願いしたのが茂山あきらさん。それが縁になって、後に茂山千五郎家の皆さんに新作狂言を書かせてもらうことになった。

最初に書かせていただいたのが、今でもたまに上演されている古典落語『さくらんぼ』(江戸の『あたま山』)を狂言にしたもの。一九九七年一月十五日に大阪心斎橋のコークステップホールで開かれた「花形狂言会」で初演された。落語の『さくらんぼ』については「枝雀らくごの舞台裏」をお読みいただきたい。

落語とちがって狂言では、いきなり頭に桜の木が生えた主人公が舞台に登場。一言もしゃべらずに舞台中央に座る。

頭に桜の木が生えてしまう悲劇の主人公の役はあきらさん。頭に桜が咲いた……というシュールな設定は、頭に桜の木の造りものを載せた冠をかぶることで表現した。これは、古典狂言の『菓争《このみあらそい》』に登場する橘や栗の木の精がかぶっている冠を応用した。古典狂言に、ちゃんと頭の上に木を載せるという演出が存在していたのだ。初演の時、頭に桜の花の冠をかぶったあきらさんが揚幕から登場すると、客席がどよめいたのを憶えている。

その後、近所の男が友達を大勢つれてやって来て、主人公の頭の桜で花見をはじめるので、腹を立てた男が桜を抜いてもらう。抜けた跡の穴に水が溜まって池になるので、今度はそこで魚釣り大会が始まる。そして、ほとほと生きているのがいやになった主人公は自分の頭の池に身を投げて死んでしまう……という落語と同じサゲになるのだが、狂言の場合はサゲと同時に暗転にするわけにはいかず、あきらさんと相談の上、主人公が口で「どぶーん」と陰気に言ったあと、静かで哀れな笛が入り、ゆっくりと独楽のように回りながら橋掛かりに入って行く……という型にした。

そんなことがあってから、千五郎家の皆さんとの縁はいよいよ深くなり、あきらさんから「落語といっしょになんぞやりたいんですけど、仲間に入ってくれまへんか？」と声をかけていただいたのは二〇〇〇年のころ。千五郎（後の五世千作）さん、二世七五三《しめ》さん、あきらさんの三人の狂言師と桂吉朝さんがタッグを組むことになった。会の名前は先代千之丞師の提案で「お米とお豆腐」と決定。「お米」は米朝一門の「米」、「お豆腐」は茂山家のモットーである「お豆腐狂言」からとった。その第一回は二〇〇一年六月。場所は京都が府立文化芸術会館で、大阪は梅田にあった大阪能楽会館だった。この時は『ばく』という新作狂言を書かせてもらい千五郎さんとあきらさんに演じていただいた。

質の悪い夢を食べ飽きたバクが名僧と評判高い「聖」のもとに夢を食べにやって来るが、この名僧の夢もかなり俗悪で油っこい内容だったので、バクは腹をこわして逃げて行くというのが粗筋。前年の年末にあきらさんに台本を送ったところ、あきらさんの父君の先代千之丞先生からじきじきのお電話をいただき

「小佐田さんも、今の世の中に思うところがあるようで、まことに結構です」

とおほめをいただいた。この狂言、上演された後で気がついたのだが、主人公のバクと夢を見る名僧が一度も台詞を交わさないという古典狂言にはない演出なのだそうだ。

その年の十一月に開かれた第二回では『空桶《からおけ》』という新作狂言を書かせてもらった。舞台では腰掛や酒樽、時には柿の木になったりする葛桶《かずらおけ》という桶を使った作品で、葛桶の蓋を開けると後見が前奏を口ずさんで、そのあと演者が歌いはじめるという趣向だった。つまり空の桶から音楽か聞こえてくるから「空桶」……「カラオケ」というシャレである。歌といってもいわゆる謡ではなく、歌謡曲や演歌を謡風に歌うもので、先代千五郎さんは得意のジュリーの曲を披露してくれ、途中から謡の調子から本息の歌に変わった時には客席からは期せずして手拍子がおこり、私と並んで舞台を見ていた先代千之丞先生から
「能楽堂で手拍子が起こったのは前代未聞です」

とまたしてもお褒め(?)の言葉をいただいた。

先代千之丞先生からは新作狂言についてもいろいろとアドバイスをたまわり
「どんな無茶をしてもろてもよろしい。狂言という芸はビクともしませんから」

という心強いお言葉を賜った。

でも、なかなか「無茶」はできないものだ。それどころか、私自身は書く台本については型

破りなことはしたくない。狂言を書いたあと、文楽や歌舞伎の台本も書かせてもらうことになったのだが、できる限り「古典」の形式からはみださないようにしている。遠慮しているというよりも、形式が好きなのだ。現代劇の作家さんが斬新な演出で能狂言や歌舞伎、文楽を見せてくれることがあり、それを拝見するのは刺激的で大好きなのだが、自分は型破りなことをしたいと思わない。新しいストーリーを昔ながらのいつもの形式にはめこんで表現するのが大好きなのである。つまり、全く新しいものを創りだす「クリエーター」ではなく、新しいアイデアを古い型にはめ込む「技術者」なのだ。私の新作落語も現代を舞台にした作品は少なく、いつの時代かはわからないが少なくも「いま」ではない古典落語の時代を背景にしたものが大半を占めているのは、こうした事情なのである。

そして、二〇〇三年の第三回公演で上演したのが落語と狂言を同じ舞台に立たせるという「落言」である。それまでの公演では、落語は落語、狂言は狂言の舞台で、オープニングのフリートークのコーナーだけが交流の場だった。そのトークが不思議におもしろかったのである。千五郎さんたち狂言師の皆さんと吉朝さんが実に楽しそうに舞台でおしゃべりしている姿を拝見して、

「吉朝さんが落語を演じている舞台に、三人の狂言師が乱入してくる舞台にしたらおもろいものができるんやなかろうか」

と思いついたのが「落言」のタネである。

よく、二つの芸能を同じ舞台で同時に演じる「コラボレーション」という企画がある。ことに、落語という芸能は古典芸能と大衆芸能の両方の面を持っている存在なので、古典側からのお誘いが多い。私自身も、この「落言」のほかに文楽人形と落語のコラボ企画である「落楽」の台本を何作か書かせてもらったことがある。

コラボの舞台を拝見すると、それぞれの芸能を、ただただ同じ舞台でやった……というだけで、とくに交流しているように見えないものや、どちらか一方がシンになっていて、もう一つは「お付き合い」しているだけのような舞台もある。コラボというからには、どちらも「やって得した！」と思えるようなものにしなくては申し訳ないと思うのだ。

この「落言」の場合、落語と狂言が共通点の多い芸能だったことが幸いした。

まず第一に「笑い」の芸であること。そして「台詞劇」であること。素顔で演じること。演出でも扇を筆や盃、銚子、のこぎりなどに見立てて使うことも共通している。

そして、いずれも時間と空間を瞬時に飛ばすことができるのも特徴だ。

狂言では、お使いを命じられた太郎冠者が
太郎冠者「まず急いで参ろう。（舞台を歩きながら）まことに、いまだヨーロッパへ参らぬによって、このたびはよいついでじゃ。ここかしこをゆるりと見物いたそうと存ずる。（立ち止まって）イヤ、なにかと申すうちに、これは早やケルンでござる」

と言うと、誰がなんと言おうと、舞台の上はケルンになってしまう。

落語の場合はもっと手短で
喜六「ほたら、明日の朝一番にイタリアへ行ってきまっさ」

と言ったあと、上方落語なら小拍子をビシリとひとつ打って
喜六「うわあ、ここがミラノか」

と言うと、いきなり翌朝のイタリアに立つことができる。

「落言」では時間の移動と状況説明の部分は落語家が担当する。『神棚』でも提灯屋の辰のもとに番頭が訪れて提灯の催促をし、明日の朝までに完成しないと追い出される……という状況設定ができたところに神様の衣装を付けた狂言師が登場して話がころがりはじめる。座ったままの落語家に対して、舞台を縦横に動きまわれる狂言師の強みが活かされるわけである。最初は人間の世界と神様の世界と別々の芝居をしているが、神様の家族が大声で喧嘩を始める段階で、落語家が演じる提灯屋が
「やっかましいなあ。何食うたら、そんな大きい声が出るんや！」

と声をかけるところから、落語家と狂言師の直接のやりとりが始まる。

この作品のそもそもの発想は、狂言師の声の立派さに感動したところにある。落語家の頭の

上で三人の狂言師が本息で怒鳴り合ったらどんな景色になるだろう……と思ったのだ。狂言師の声の圧力をすぐそばで体験した吉朝さんも「頭がクラクラしました」と証言しているから、よほどの音量にちがいない。

「落言」の難しいところは、能舞台には緞帳も暗転もないということ。狂言師は「やるまいぞ、やるまいぞ」で舞台から立ち去ることができるが、落語家はなんとか理由をつけて退場させねばならない。例えばこの作品では妻と姑役の狂言師が落語家の両脇をかかえて、揚幕へ連れて入るという演出を取った。

これまでに十二本の「落言」の台本を書いたが、主に落語家が人間世界を演じるのに対して、狂言師は神様、ゲームのキャラクター、宇宙人、犬、猫、鳩、低気圧と高気圧、掃除機と洗濯機、果てはゴキブリまで担当してくれた。

ことに『ごきかぶり』という作品で狂言師の皆さんがゴキブリに扮した時は小道具製作の茂山茂さんが凝りに凝ってくれて、狂言師に羽根の作りものを背負わせ、紐を引くと仕掛けで羽根がバサバサッと開くようにしてくれた。舞台で七五三さんの扮するゴキブリが羽根をバサッと開くと、客席のあちこちから「キャッ!」と言う女性の小さな悲鳴があがった。そのあと、七五三さんは舞台に置かれたゴキブリホイホイに捕まり、落語家の噴射する殺虫剤の霧を浴びて落命することになる。これも後になってうかがったことだが、古典狂言の登場人物は誰一人死なない……というのがお約束だったらしい。私は知らないうちに『さくらんぼ』と『ごきかぶり』で二度も禁を犯していたわけである。

五世千作、七五三、あきら、吉朝というメンバーでスタートした「落言」も落語グループでは吉朝さんが、狂言グループでは千作さんが「卒業」した。現在では七五三さんとあきらさん、そして桂文之助さんが頼もしいメンバーとして年に一度のペースで活動を続けている。二〇二〇年二月の「お米とお豆腐」二十回記念公演では、千作さんに代わり丸石やすしさんが参加して久しぶりに『神棚』を上演した。

また、茂山家の一四世千五郎さん、茂さん、二世千之丞さんに桂よね吉さんが参加した新しい世代も演じてくれている。

狂言グループのアドリブ攻撃に耐えながら、果敢に戦っている落語家の孤独な雄姿を是非ともご覧いただきとうござる。

さわやか侍
——時代劇落語

泥田家五万とんでとんで五十石の城主・泥田沼太夫の嫡男・泥田沼六は平穏な毎日に退屈しきっている。本で読んだヒーローに憧れて浪人の姿に身をやつし「さわやか侍・水木源之丞」と名乗って裏長屋に住み、弱きを助け強きをくじく二枚目として活躍。女にもてようと企てるのだが、やることなすこと失敗続き。身辺警護を任された忍びの者たちは後始末に奔走している。若殿に苦情を言っても「許せ。いっぺんやってみたかったのじゃ」と子供のような言い訳ばかりしている。ある時、今夜本町二丁目の丹後屋で抜け荷の捕物があるという情報を入手。役人より一足先に丹後屋に乗り込んで、ええ格好をしようと考える。いよいよ丹後屋に乗り込んだのはいいが、間違えて隣町の丹波屋という店に入ってしまう。ところが偶然そこでも役人と商人が抜け荷の相談の真っ最中で、若殿は窮地に追い込まれたが、どこからか背中いっぱいに桜吹雪の彫物をした「遊び人の金さん」という謎の男が現れ助けてくれた。

その翌日。お城の評定所には殿様がご出座になり裁判が始まる。無実を訴える被告の役人と商人は、「抜け荷の証人となる遊び人の金さんなる男を出せ」と迫る。すると、殿様が片肌を脱いで「おうおう、この金さんの桜吹雪。みごと散らせるもんなら、散らしてみろ！」とタンカを切る。あきれた若殿が「父上、その彫物は？」とたずねると、殿様「倅、許せ。わしもいっぺんやってみたかったのじゃ」。

○　○

ご自分でも新作台本をたくさん書いておられる桂小春團治さんの依頼で書かせていただいた作品である。二〇〇二年十月五日に大阪天満橋のドーンセンター七階ホールで開かれた入門二十五周年記念の独演会で初演された。

小春團治さんの新作は以前から大好きで、登場人物の中国語をすべて漢文風に翻訳してしゃべる『失恋飯店《ハートブレイク・ホテル》』や、刑務所のように監視の厳しい病院と患者とのバトルを描いた『アルカトラズ病院』、日本の僻地に残る謎の祭りや風習を創作してのけた『日本の奇祭』、電気冷蔵庫の中でくりひろげられる食品たちのドラマを描いた『冷蔵庫哀詩《エレジー》』など、どんな脳みそしてんねん……と思いたくなるような緻密で狂気に満ち溢れた世界が描かれている。私のようなノーマルな作者としては、緊張せざるをえないではないか。

古典落語の中では『大名将棋（将棋の殿様）』や『須磨の浦風』のようにおっとりした口調で

とんでもないことをする大名が登場する作品が大好きだ。東南アジアの皇太子のようなノーブルな風貌で、ベタベタの大阪弁をしゃべるというギャップの魅力は、作者として使わない手はない。

大名といっても、ホンモノの大名がどんな暮らしをしていたかは私も知らないし、お客さまもご存じないだろう。そこで、ここはテレビの時代劇でおなじみのキャラクターをもじらせていただくことにした。若殿がヒョットコの面をかぶり、唐草模様の一反風呂敷を身にまとって「ひとーつ……」と決め台詞を言いながら登場するのは「桃太郎侍」の趣向をパクらせてもらった。サゲの「遊び人の金さん」はもちろん「遠山の金さん」のパロディである。

噺の形式としては「芝居噺」。『蛸芝居』や『質屋芝居』というような落語で歌舞伎好きの登場人物がきっかけを見つけては「そうそう。こんな時にする芝居があったな」などと言いながら歌舞伎を始める……というパターンの応用だ。

自作自演しておられる演者さんに台本を提供するというのは緊張するものだ。いつも自分にぴったり合った作品を演じているわけだから、作者としては一味違った味わいで、演者さんに「あれっ？　俺ってこんな感じの噺もできるんや」と驚いてもらえるものを書きたいのだ。ただし、驚いてもらっても「これは上演できない」と思われたらおしまいである。台本は演じられなかったらなんの値打ちもない。そこで、ある程度までは演者の好みに合わせておいて、少しずつ異質なものを挟みこんでいく。その「異質なもの」のセンスを試されているような気がして、自分では書かない演者さんに比べるとどうしても筆が進みにくくなる。この台本も悪戦苦闘して「七月中にください」と言われていたのに、第一稿をメールで送信したのは七月三十一日の二十三時五十五分ぐらいだったと思う。翌日、第一稿に目を通した小春團治さんから「誤字、脱字はぎょうさんおましたけど、意地でも締め切りに間に合わせたのは偉い」とおほめ(?)の連絡をいただいた。

落語ファンと時代劇ファンの層は重なるようで、幸いご好評をいただいた。その後二〇一一年に、今度はサスペンス劇場やミステリーを扱った『さわやか刑事』という作品も小春團治さんに書かせてもらったが二匹目のドジョウにはならなかったようだ。ミステリーのファンと落語ファンの客層が重なっていないのか、ただただ台本が悪かったのか……。これもひとつのミステリーである。

長屋浪士
——史実と落語

時は元禄十五年。大坂福島の裏長屋に謎の兄弟が住んでいた。町人の姿はしているものの言葉遣いや身のこなしがいかにも侍で、十四日が大事な人の命日らしい。家主をはじめとする長屋の連中は二人が赤穂の浪士で、吉良邸に討ち入る日まで大坂で潜伏していると悟り、なにかと世話をやいたり金品を贈ったりするので、兄弟の暮らしは豊かになる。実はこの兄弟、元は博奕打ち。無一文で宿無しになったので、浪士を騙って長屋に住みついていたのだ。その年の暮、見知らぬ紙屑屋が兄弟のもとを訪れて「お二人は赤穂の侍か？」とたずねる。肯定すると紙屑屋は怒りを露わにして「自分は赤穂浪士の大高源吾である。おまえたちは贋物であろう」と決めつけ、「これまでに貯めた金品は、討ち入り成就のあと、元の持ち主に返却する」と言ってすべて持って立ち去る。入れ替わりに飛び込んで来た家主が「赤穂浪士が三日前に吉良邸に討ち入りを果たした」と告げに来る。「さては大高は贋物か！」と怒る兄弟に家主は「ほんまにおまえらは人間の屑やなあ」と言うと兄弟「人間の屑？　ああ、それで紙屑屋になって来よったんや」。

〇　〇

当初は米朝一門の座付き作者だった私が、今のようにいろんな一門の皆さんに書かせてもらえるようになったのも、京都の「上方落語勉強会」のおかげである。この会で私の新作を定期的に発表してもらうようになったのは九〇年二月からのこと。最初のうちは、米朝一門の皆さんにお願いしていたが、後になってから気心の知れたよその一門の方にも書かせていただくようになった。この噺は桂梅團治さんに演じてもらうために書き下ろした。

梅團治さんは新作では自作の「鉄道落語」は別として作家の書いた台本を演じたのは、この時が初めてだったようで、初演の高座ではマクラで

「ただでさえおぼえが悪いのに、大胆にも今月に入ってからいただいた台本を月末には演ろうというようなことで。この何日かおいしいお酒を飲んでおりません」

と苦しい胸の内を明かしてくれた。

この作品は赤穂浪士の討ち入り事件……俗にいう「忠臣蔵」を題材にしている。講談や浪曲ではなじみ深いエピソードだが、落語には赤穂事件を歌舞伎にした『仮名手本忠臣蔵』を登場人物が演じる芝居噺がいくつかあるくらいで、実説の「赤穂事件」を扱った落語というのは意

外と少ないのでは……と思って書かせてもらった。二〇〇五年十一月三十日初演である。

と言ってもそこは落語のことだから、講談や浪曲のような美談には絶対にならない。「偽浪士」を主人公に置いて、有名な人とお近づきになりたい……というヒーローに対する我々庶民の無邪気なあこがれを描いてみようと考えた。仇討ちの本懐を遂げたあとに浪士が「大坂の長屋に身を潜めていたところ、家主の甚兵衛どのにはなにくれとのうお世話をしていただいた。われらがご主君の仇を討てたというのも、もとはと言えば甚兵衛どののおかげじゃ」と瓦版屋のインタビューに答えるだろうから、瓦版屋が家主のところへ取材にやって来て「大坂時代のお二人はどんなご様子でしたか？」と聞かれたら「あのお二人がうちの長屋へお越しになった時、私、どことのう哀しい影を背負うてはるように思いました……」などと美談をこしらえてしゃべろう……という家主の妄想がきっかけとなる作品だ。

こういう人、今でも居てますよね？　アスリートが優勝したら、そんなに縁の深くない人まで「あの時は苦労してはりましたけど、いずれなにかする人やと思うてました」なんて訳知り顔でコメントする人。そんな嬉しい俗物さんの姿を思い浮かべて、その前と後に物語をくっつけたわけである。もっとも、こんなテーマ付けは例によって噺が出来上がったあとにくっつけたもので、そもそもは店子が赤穂の浪士であると信じた家主が、家賃の言い訳をしようとする兄弟に

「なにもおっしゃいますな。この家主甚兵衛、みな承知しております」と胸を叩いて納得するシーンを思いついたことと、兄弟の噂話を聞かせようとした男から「あんた、口は堅いか？」と念を押された女房が「わてぐらい口の堅い女はいてへんねさかいな。どんな固いお煎餅でもバリバリッと食べられる」と答えるやりとりがふと浮かんで、自分で「プッ」と吹いてしまったことからできた一席なのである。

落語というもの、ほんとになんでもないことから思いつくもので、それも「さあ、これから考えよう」と意気込んでいる時には出てこなくて、一瞬ふっと脳が緩んだ時に「笑いの神様」がご褒美をくれる。だいたい、一生懸命集中することなど、五分が限界である。それは年をとったからという理由ではなく、若いころから行き詰るとパッとあきらめて次のテーマにとりかかっていたのだが、今は次のテーマすら思いつかなくて、ただひたすらボーッとしていることが多い。落語作家の場合、この「ボーッとしている」という時間が一番大事なのだと経験上わかって来た。ボーッとしてる脳の奥の方で怪しい発想が高速度で動いている。発想がころがりこんでくるのは電車で移動している時。座っている時より立っているときのほうがいい。座るとつい本を読んだりスマホをいじったりしてしまう。その点、立っていると車窓の風景をながめる以外、なにもすることがない。自動的にボーッとする状態になるわけだ。

ボーッとしている時間をはたで見ていると、ほんとに魂が抜けている状態でただただ怠けているとしか見えないのだが、幸いなことに、我が家は家内も落語作家を業としているので、ボーッとしている時間がとても大事な時間であることがわかっており、お互いにそんな時には邪魔をしないようにしている。もっとも、ボーッとしてるように見えていて、ほんとにボーッとしてる時もあるので油断できない。

この噺も初演を聞いたお客様にタイトルを決めていただく「お題の名づけ親はあなたです」シリーズのひとつである。この企画、先にタイトルを付けなくていいので自由な題材で書くことができるのだが、「どんな内容でも自由ですよ」と言われるとかえって書きにくくなってしまう。たとえ後になって「なんでこんなタイトル付けたんやろ」と後悔することがあっても、手掛かりになるワードがあるほうが書き始めやすいことも事実である。

後から長屋にやって来る大高源吾も贋物なのであるが、先に贋物とバレてしまってはサゲが効かなくなってしまうので、源吾の台詞は歌舞伎調にして下座を入れて「もっともらしく」した。

何度も言うようだが、この「もっともらしく」することが落語にとって大事なことであり、「もっともらしさ」の緊張が緩和されて笑いが生まれるのである。

雀松時代の桂文之助さんも演じてくれ、今は笑福亭由瓶《ゆうへい》さんが持ちネタに加えてくれている。

癇癪
——アイデアを型に

六代目笑福亭松鶴は弟子に厳しい人で、今日も弟子はやることなすこと失敗続きで叱られたおしている。「自分はむいてない。師匠に嫌われてる」と思い詰めた弟子が、家の事情で廃業して堅気になった元兄弟子のもとに相談にやってくる。話を聞いた元兄弟子は「おまえは、おやっさん（師匠）のことが好きやから緊張して失敗するんや。できるだけ気を走らせて怒られんようやってみい」とアドバイスをしてくれた。心機一転した弟子が、翌日、完璧に用事をこなして師匠の帰りを待っていると、怒るところがなくなった松鶴「怒るとこなかったら、わしの『ステレス』がたまってしゃあない」

〇　〇

落語作家の仕事は、まず新作落語の制作、そして、滅んでいた噺の復活、古典の脚色と並ぶのだが、ときに落語家さんが持ちこんでこられるアイデアを台本にするという仕事もある。ま

ずは
「こんなアイデアを思いついたんですけど、落語になりませんかねえ？」という電話がかかってくるところから始まって、しばらくそのアイデアについて意見交換をしたあと「ほな、それを台本の型にしてください」という流れになる。

つまり、「新しいアイデアは次々と出てくるのだが、落語台本の型に構成するのは難しい」という落語家さんからの発注である。自分のアイデアを自分で型にできる落語家さんばかりだと、「落語作家」なんていう職業が生きていく隙間はない。

最近は、文珍さん、南光さん、鶴瓶さんという上方の……というより落語界の最前線で戦っている方々のお手伝いをする機会が多く、ことに鶴瓶さん自身の身辺に起こった実話……世に言う「鶴瓶噺」を落語の形式にした「私落語」の『長屋の傘』、『青木先生』などのほか、東京落語の上方化や古典落語の改作のお手伝い。そして、『お直し』や『鴻池の犬』の鶴瓶バージョン化作業にも参加させていただいている。

この『癇癪』の改作の依頼をいただいたのは二〇〇九年の年末のこと。鶴瓶さんが春風亭小朝さんからこの噺を勧められたのがきっかけであった。ご存じのとおり、この噺は益田太郎冠者という人が書いた明治時代の新作落語で、昔は八代目桂文楽師、現代だと柳家小三治師の十八番である。改作するにあたって、原作と同じかんしゃく持ちの旦那と奥さんの攻防戦という設定の台本を書き、それとは設定を変え、主人公のパワハラ旦那を六代目笑福亭松鶴師に置き換えて、毎日ボロカスに怒られる弟子っ子と、その弟子っ子が「兄」と慕う元落語家の先輩の物語に置き換えてみた。松鶴師が横文字に弱かったというエピソードがサゲの仕込みになっていて、「アレルギー体質」のことを「エネルギー体質」と言ったり「アドバイス」のことを「アドバルン」と言い間違えるのを先に仕込んでおいて、最後に「ストレス」を「ステレス」と言い間違えるわけである。

噺の芯となっている弟子と師匠、弟子同士の兄弟愛の細やかな心の動きの演出は鶴瓶さんにお任せした。理不尽な叱られ方をして落ち込んでいる弟弟子が

「師匠はボクのこと嫌いなんです」というのを聞いて

「おやっさん（師匠）はお客さんの『気』を察することを教えてくれてんねやないかい。おまえ、おやっさんのこと嫌いか？」

「いいえ、大好きです」

「そやろ？　大好きやさかい、緊張してスカタンなことしてしまうねん。好きやない人間の前で緊張するかいな。おやっさんが何をしてほしいかをちゃんと考えて行動してみい」

と諭すくだりは、われわれ作者がパソコンの前に座っていて書ける台詞ではない。特定のモデルが居るわけではないが、師匠に叱られて途方に暮れている若い弟子という立場はどの世界の

「新人」も経験するものだし、落語は好きだったのに道半ばでその世界を離れざるをえなくなった人の寂しさも、誰もが持っている挫折感と共通する。そんな意味でも共感する部分の多い作品だと思う。

サゲ前、元兄弟子が師匠のところへ弟子がやめていないかどうかの確認の電話をかけてきたので、彼が知恵を付けたことを悟り

「アホンダラ、ボケ、カス。おのれがアドバルンさらしたんやな!」と怒鳴り散らしたあと、ふっと優しい口調になって

「久しぶりやな…。商売うまいこといってんのか?」とたずねるくだりなど、弟子たちを理不尽に叱って、理不尽に愛した……という松鶴師の素顔を垣間見るようなシーンで思わず涙する。松鶴師の登場する「私落語」には『長屋の傘』というのもあるが、こちらは無茶者としてのエピソードで、この噺とは好対照になっている。

私自身、松鶴師とはゆっくりお話しさせてもらった経験はないのだが、この噺のおかげで親しくお付き合いさせていただいたような気になっている。

演者さんと対話しながら噺を作りあげていくというのも貴重な経験だ。我々作家は落語家さんに演じてもらわない限り、いくら台本を書いてもなんの価値もない。演じてもらってうまくいけば喝采を受けるのは落語家さんだが、もし受けなかった時にダメージを受けるのも落語家

さんだ。落語家さんは最前線でお客さまと闘っている。我々は後ろのほうで作戦を立てる役割だ。そのため、第一線に立って、肌でお客様の反応を受けとめている落語家さんのご意見は、我々にとって最高のモニターなのである。

新しい発見もある。以前、東京の立川志の輔さんの相談相手……というか志の輔さんのアイデアのボールを受け止める「壁」の役目をしていたことがある。志の輔さんがお正月のパルコ劇場での公演で初演する新作を考える時の聞き手役である。この時に私とは全く違うアプローチで落語を作る人が居ることを知った。

とりあえず「おもしろいシーン」を思いついてから前後をくっつけて一席にするという「行きあたりばったり」の書き方だった私に対して、志の輔さんは

「この噺のテーマはなんでしょうか？」というところから作り始める。初めてその質問を受けた時、私は意味がよくわからなかった。正直言うと

「落語にテーマなんているか？　さすが立川流の落語家さんだけあって理屈っぽいなあ」

と驚いた……というのが正直なところである。

志の輔さんの演じる長編の落語は古典でも新作でも「テーマ」が存在している。志の輔落語は、落語の形式を使った「ひとり演劇」という新たなジャンルになりつつあるのではなかろうか。だから、パルコ劇場という演劇のスペースで発表されるのだろうし、志の輔さんの会のお

客さまは演劇ファンが多いように思えるのはそんなところに原因があるのかもしれない。

私もそういう作り方で試してみたことがある。本書でいうと『火事場盗人』や『質草船唄』あたりがその例になるかもしれない。確かにほかの作品と比べると骨組みのしっかりした作品ができた……ような気がする。

私もストーリー性のある噺をもっと書きたいとは思っているのだが、どうやらナンセンスな噺のほうが身に合っているようなのだ。『たちぎれ線香』や『芝浜』のような噺より『宿替え』や『代書』のような噺を書き続ける落ち着きのない軽い作家のままで居続けるだろう。

火事場盗人
――演劇的な落語

京のとある商家に盗みに入った盗人の善六、仕事をする前に火事を見つけて「火事や！」と大声を出してしまう。煙の中で善六を奉公人と勘違いした旦那から大きな葛籠《つづら》を「持って逃げてくれ」と託される。葛籠を担いで一目散に我が家に逃げ帰った善六がふたを開いてみると、中から生まれて間もない女の赤ん坊が出てくる。驚いた善六はあくる日、赤ん坊を返しに行こうとするが、一面の焼け野原でどこが盗みに入った店かわからない。はじめのうちは赤ん坊の世話をいやがっていた善六の女房も、いつしか情が移ってしまい、赤ん坊にお雛という名前を付けてほんとうの親に見つからないように堺に転居する。

それから十八年。善六は亡くなった女房の遺骨を檀那寺に納骨するため、婚礼を目前に控えたお雛を連れて誓願寺にやって来る。新京極に買い物に行ったお雛が帰って来るのを待って門前の茶店で休んでいると、上品な初老の男が隣に座る。男は十八年前の火事の夜に、葛籠に入れた娘を知らない男に託してしまい、それ以来生き別れになっている娘を探しているとのこと。亡くなった妻が誓願寺の「迷子みちしるべ」の石碑に貼り紙をしていたのを引き継いで、今でも貼り紙を貼り換えに来ているのだという。事情を悟った善六は葛籠を持って行ったのは自分で、いま買い物に行っている娘がそのときの赤ん坊であることを告白し、娘を返そうと申し出る。男は娘が生きていたことを喜び、「親子の名乗りはあえてせず、あなたの娘として嫁に出してやってほしい」と伝える。そこへ娘が帰って来て、善六に簪《かんざし》をねだるのを聞き「そのお金、婚礼のお祝いとしてわたしに出させてもらいたい」と申し出た。男は、喜んだ娘が善六といっしょに簪に買いに行く姿を見送って、亡くなった妻の霊に「これでええな。よかったな」と手を合わせていると、そこへお雛が買った簪を見せに帰って来る。そして、お雛は「おおきに。おとうちゃん」と言い残して立ち去って行く。その姿を見送って「知ってたんかいな……。まっすぐなええ娘に育ってくれたなあ。大事に大事に育ててくれはったんやろ。どこへ出しても恥ずかしない箱入り娘……あ、葛籠に入れといてよかった」

〇　〇

興醒めなことを申し上げるようだが、内幕を申し上げると、作者は聞く人が涙する物語をいたって冷静に書き、爆笑する噺を脂汗をかきながら苦しんで書いているものだ。涙を催させる状況は万人に共通する部分が大きいが、「笑い」は個人個人によって好みがちがう。万人が笑うものを発見するのは、なかなか難しいものなのだ。

この噺を作るきっかけとなったのは京都の新京極を歩いていた時、誓願寺さんの門前に建っている一基の石柱が気になったことである。読んでみると正面には「迷子みちしるべ」。左面には「教《お》しゆる方」と彫ってある。右面はあとからすぐそばに壁が作られたために、隙間に顔を突っ込まないと読めなくなっているが「さがす方」と彫ってあるのが読める。現在のようにマスメディアが発達していなかった江戸時代。迷子になって生き別れになってしまった親子が出会うための情報交換の場所になっていたのだ。

子供を探す親は「さがす方」に子供の性別、年齢、身体的特徴などを書いた紙を貼りつける。一方、迷子を保護したほうは「教しゆる方」に同様に子供の特徴を書いた紙を貼る。それをお互いに確認して一致したら親子が再会できるというシステムだ。

行き別れた親子の再会という物語は東京落語に『ぼんぼん唄』という噺があるが、それの上方版をこしらえたわけだ。

落語はできるだけシンプルな筋が第一と考えている。十五分から長くとも三十分ほどで完結する物語……というと、そんなに複雑な展開は盛り込めない。とくにこの噺は途中で十八年の時の経過がある。無理に詰め込もうとすると、登場人物が複雑になって理解不能になってくる。落語家の言葉だけをたよりに頭の中に舞台を再生しなくてはならない落語には、複雑な設定は天敵なのである。そのためにはすべての情報を語ってしまうのではなく、多くの部分をあえて語らず、お客様の想像におまかせしてしまうという方法も可能である。「何を語るか」よりも「何を語らないか」が大事なのだ。

とは言うものの、ごくたまに演劇的な、ストーリーのある噺を手がけたくなる時がある。この噺はまさにそんな心情の時に思いついたのだ。

この噺はまず芝居としてのイメージが頭の中に浮かんだ。

序幕は盗人の善六がお店に忍び込む場面。火事を発見して「火事や」とあたふたしていると、店の主人が葛籠を担いで奥から出て来て、忘れ物を思い出して葛籠を店先におろし、そこに居た善六を煙の中で店の者と勘違いして葛籠を託す。葛籠を担がされた善六は、花道へ走って行って七三のところで主人の「これ！」という声におどろいて座りこむのが柝《き》の頭《かしら》。

主人の「たのみましたぞ」という声で舞台には幕が引かれて、花道七三の善六はようよう立ち上がり、狼狽しながら花道揚幕に走り込む。花道での芝居の間に幕の中では舞台がまわり、次の善六の家の場の道具になると幕が開きはじめ、揚幕から葛籠を背負った善六が駆けだしてきて本舞台の我が家にたどりつくという段取り。

そこで女房とのやりとりがあって、葛籠の中から赤子を見つけて善六が「嬶！　ややこ（赤子）や」と言うと柝が入って幕が閉まる。

次の場は数日後の同じ善六の家で女房が赤子を抱いて善六の帰りを待っている。そこへ、善六が帰って来て、今日も親がわからないと告げるので、女房は赤子を自分たちの子として育てようともちかけ、堺に引っ越ししようと決心するところで第一幕は終わり。

二幕目はそれから十八年後の誓願寺の門前の茶店。茶店の床几には向こうむきで一人の老人が座っている。その前で、通行人役の役者たちが「迷子道しるべ」の説明などをしている。通行人が立ち去ると、茶店の婆が老人客に茶を持ってくる。そこで、いろいろと話をしているところへ、花道から善六と娘が登場して来る。娘は買い物に行くと言って下手へ入ってしまい、善六は茶店で待つことにする。先客の老人と会話しているうちに、自分が娘として育てている女の子の父親がこの老人であることがわかる。娘を返そうとする善六に老人は「今は知らんまで嫁にやってくれ」と頼む。そこへ帰って来た娘に老人は簪を買うためのお金を与え、善六と娘は礼を言いながら花道を入って行く。その姿を見送った老人は亡き妻に「これでよかったんか」と問いかけると、娘が再び揚幕から出て七三で立ち止まって簪を見せて「おおきに……。おとうちゃん」と言って駆け込む。あとを見送っている老人が無言で泣き崩れて柝きざみにて幕……という段取り。上方歌舞伎の世話物の雰囲気で組み立ててみた。

いつもフワフワとしたとりとめのない噺ばかり書いているので、この原作を弟子のくまざわに読ませたところ

「先生！　どうしたんですか？」と真顔でたずねられた。

また、台本を送ったあとに演者の米二さんから電話がかかってきて、いきなり
「困りまっせ！　台本読んで泣いてしまいましたがな！」

私をよく知っている人から見ると、とても異色の作品なのだ。

二〇一〇年三月三日に京都で開かれた「上方落語勉強会」で初演された。小道具に雛人形を使ったのも、初演の日に合わせた趣向である。

今は米二さんの教えを受けた佐ん吉さんをはじめ何人かが演じてくれている。

うぬぼれ屋
——江戸小咄を落語に

大変な自信家の靭屋《うつぼ》の旦那。義太夫に凝って稽古屋に通っているのだが、ひどい音痴で周囲の稽古人から「下手が伝染する。味噌だけやのうて脳みそまでが腐る」と苦情が入るので稽古屋の師匠も手を焼いている。遠回しに稽古するのを遠慮させてほしいと頼むのだが、旦那のほうはお師匠はんが「もう旦那に教えることはない。あとは玄人《くろうと》になんなはれ」とおっしゃったんや……と勝手に勘違いして悦に入っている。そして「昔の豊竹呂太夫《ろだゆう》という名人は、あまりにも声が大きくて立派なので町中で稽古できず越前の海に向かって稽古したところ、海の底に居てたウミガメがその低くて立派な良い声を海鳴りと間違えて海面に上がって来た」というエピソードを聞くと、早速、店を息子に譲って越前へと出かけて行く。崖の上で海に向かって大声で稽古を始めると、海の底から越前蟹がゾロゾロと崖へ上がってくる。喜んだ旦那が「おまえらもわしの声を海鳴りと間違えたんか？」とたずねると、蟹が顔を上げて「ミソが腐る」。

二〇〇九年九月から大阪の御霊《ごりよう》神社儀式殿でスタートしたのが「超古典落語会」。梅花女子大学教授の荻田清先生とやらせていただいた会で、荻田先生が探してきてくださった江戸小咄を先生と私が一席の落語に復活させようという試みである。後にくまざわあかねも参加するようになった。二〇〇六年九月、大阪に天満天神繁昌亭ができて落語家さんたちが高座に上がる機会が増えた。そうなると同じ噺ばかりお客様にお聞かせするわけにもいかない。ネタ数を増やすためには新作はもちろんだが、昔の小咄をもとに現代にも通用する落語にリニューアルするべし……という殊勝な志で始まった会で、五回続き、その後、ベストセレクションの会を一回開いている。

〇 〇

この会では毎回、なかなか見ることのできない古い資料を見せていただいて、その中からものになりそうなものをセレクトさせてもらった。江戸時代にも気楽な人はたくさん居たんだとつくづく思わせてもらえる、とても刺激的でありがたい企画であった。

ほとんどが、その時代背景がわからないとおもしろさが伝わりにくいという難あり物件だったが、中には爆笑する珠玉の名作もあり、そんなひとつがこの噺の原作になった小咄。「上方咄本集」に収められている「列々波奈志《つらつらばなし》」という江戸時代の本に入っていた。ストーリーとしては古典落語『寝床』の後日談といった感じで、なんで蟹たちが海の底から上がってくるのだろう……という謎を解いてサゲになる。

原形は『池辺音曲』というタイトルで田舎の若者が京に出て来て浄瑠璃の稽古をする。自宅に戻り、野良仕事の昼休みに池の堤で語ると池の亀とすっぽんが集まって来る。ところが蟹だけがさっさと隣村へ逃げて行く……ということになっている。

お師匠はんが引き合いに出す豊竹呂太夫は明治時代の前半に活躍した初代呂太夫。天満の「はらはら薬」という薬屋さんの次男で、素人で語っていたがその声を買われて文楽に入ったという人である。ちなみにウミガメの伝説は私が創作した。

現在の呂太夫師は六世にあたり、私も以前お稽古に通わせていただいたが、その稽古の様子を落語にした……というわけではない。

ちなみに花丸さんはこの主人公を「ハナ肇さんがドテラを着てわが物顔で豪快にしゃべっている」というイメージで演じておられるとのこと。

「超古典落語会」の第五回……二〇一二年二月十八日の最終回で林家花丸さんに演じていただいた噺である。この会には準レギュラーのように出演してもらい、私も二席書かせていただいた。

花丸さんはソフトな語り口で油断させておいて、突然シュールなボケをかますというあたりがとても魅力的で、かなり前から台本を書かせてほしいと思っていた。ただ、最初は他の作者さんの新作を演じるグループに入っておられたので、声をかけるのを遠慮していたのである。その新作の会とのご縁が切れたと聞いて初めて書かせてもらったのが二〇〇五年七月のこと。借金取りに追い詰められた長屋暮らしの貧しい一家の噺で、その家のおじいさんが魔法使いだった……という、作った本人が言うのもナンだけれども不思議な噺。いろんな魔法を使って借金を返そうとすると、すべてがうまくいかないというお約束の展開の噺で、タイトルはお客様に『おとっつあんは魔法使い』とつけていただいた。

義太夫好きの旦那も、魔法の使えるおじいさんも無邪気な狂気を秘めていて、私としては花丸さんのラブリーな面を使わせていただいたと思っているが、この二人の老人のモデルになっているのは二代目林家染丸師の十八番で花丸さんも得意にしている『電話の散財』の極道者の親旦那。この噺については「上方らくごの舞台裏」で紹介させてもらっている。

花丸さんは爆笑ネタだけではなく男同士の友情を描いた『幸助餅』などで「情」もしっかりと描いている。そこで、私も不思議なネタばっかり書いたお詫びの印に、罪を犯して逃亡生活を送っている息子が天神祭の晩に父親と再会する『父子地車《おやこだんじり》』という新作を書いて二〇一九年七月二十五日の天神祭の夜に京都の「上方落語勉強会」で初演してもらっている。

火焔太鼓
――江戸の粋を上方へ

DVD…THE南光2（USM）

商売が下手な古道具屋の亭主。今日も市で大きな太鼓を仕入れて来て女房にこっぴどく叱られる。女房は家付き娘、亭主は養子なので頭があがらないという事情があるのだ。店先で丁稚の定吉にはたきをかけさせていると、太鼓がいい音を響かせる。その音を聞いたのが、たまたま表を通りかかった豪商の住友吉左衛門。番頭を遣わせて「太鼓を屋敷まで持参してほしい」と言う。太鼓が売れると浮かれている亭主に、女房は「ああいうお屋敷には蔵屋敷のお役人が来ていることがあるさかい、高く売ろうとしたり、押し売りしようとしたら首を斬られるで」と脅かす。住友の屋敷に太鼓を持ち込むと、番頭は蔵屋敷の役人の接待をしているとのこと。ビクビクしているが、役人はなにごともなく帰って行く。そのあと、太鼓を見た吉左衛門は気に入って、三百両で買い上げてくれた。代金を受け取った亭主は店に戻り、女房に小判を見せると、女房は喜んで「まーあ、あんたは商売がうまい」。このあと、このお店がたいそう流行ったというおめでたいお話。

○　○

いろいろな東京落語を上方に輸入しているが、中には「この噺は無理」という作品もある。江戸独特の風習や人情が描かれていたり、そのネタを売り物にしている名人が厳然と存在しているときだ。この噺などまさに古今亭のお家芸で、志ん生師から志ん朝師に伝わる軽くて調子のいい芸風はとても上方の手に合うものではないと思う。ことに、サゲの亭主が

「今度は半鐘を仕入れて来て鳴らそう」

と言うのに対して、女房が

「半鐘はいけないよお……。おじゃんになるから」

というメロディの美しさは大阪弁では再現不能だとあきらめていた。そんな東京の至宝を上方落語にするよう仕向けてくれたのが、桂南光さんの奥様なのだ。

ある日、志ん朝師のこの噺のCDを聴いた奥様は南光さんに

「あなたは、こういう落語はやらないんですか？」

と無邪気に質問なさったのだそうだ。南光さんは

「無理です。志ん朝師匠のを聴いたら恐れ多くてできません。だいたい上方落語にはなりません」

と断ったところ、夫人は
「小佐田さんに頼んだら上方落語にしてくれるんとちがいます?」とおっしゃったそうで
「……というわけで、書きなおしてもらえまへんやろか?」
と南光さんからのご依頼をいただくはこびとなった。

私が最初に志ん朝師の生の高座に触れたのは一九七二年五月二十四日、鈴本演芸場夜席のトリで演じた『火焔太鼓』だった。そして、最後に拝見したのも亡くなる四か月前の二〇〇一年五月二十三日に茨木市で開かれた三代目春團治師匠との二人会での『火焔太鼓』だった。私自身にとっても『火焔太鼓』といえば志ん朝師の専売という印象のネタだった。それを上方化することは、まさに天を恐れぬ大冒険だったが
「南光さんがなんとかおもしろくしてくれる」
というのだけを頼りに台本作りにとりかかった。

実はそれまでにも上方でこの噺を演じる人は居て、志ん朝師匠から教えを受けているので、設定はそのままで言葉を大阪弁に変えて演じておられた。直接教えていただいたネタの場合はそのままで演じるべきだと思うが、作家が移殖するとなると、どこかで「上方に変えた意味」のようなものを残したくなるものだ。一番ネックになったのは大坂には太鼓をポンと買うようなお殿様は居ないということ。大坂のお侍というとお城に勤めるか東西の奉行所に勤めるお役

人ぐらい。骨董品に金を出す風流人というと大坂なら豪商のほうがよく似合う。豪商というと鴻池善右衛門が代表だが、既に『鴻池の犬』や『はてなの茶碗』に出演しておられるので、今回はご遠慮願って、鴻池さんのライバルである住友吉左衛門さんにご登場願うことにした。

ただ商人だと「首を斬られるかもしれない」という緊張感がなくなるので、女房に「住友さんくらいになると、蔵屋敷のお役人が出入りしてはんねん。あんたが『買うとくなはれ』ちゅうてしつこう言うてると、お役人が『吉左衛門、いかがいたした？』『実はこの道具屋が太鼓を押し売りしようといたしております』『なに？　この道具屋か。そこ動くな。えいっ！』。あんたの首がコロコロ。あーあ、お気の毒」

と言わせるようにした。

あと、志ん朝型だと

「手一杯申してみよ」

と言われた道具屋が両手をパッと広げてみせるくだりを

「目一杯申して見よ」

に変えて、南光さんに目をカッと見開いてもらうことにした。人差し指と親指で上まぶたと下まぶたをひろげるというすごいアクションは南光さんの工夫である。

初演は二〇一二年七月二十二日の大阪の動楽亭での「新世界南光亭」という勉強会でのこと。

それからしばらくたって、南光さんから突然お電話をいただいた。

「いま、東京ですねんけど、落語会で『火焔太鼓』をやらせてもろたんです。ほたら、ソデで聞いてくれてはった柳亭市馬さんが『いやあ、この噺も元は上方にあったんですねえ』て感心してくれはりましてん。わたし、よっぽど『そうですねん。これが上方の型ですねん』と言おかと思うたんですけど、正直に『実は小佐田はんが書きなおしてくれましてん』て白状したら、市馬さんが『なーるほど』と納得してくれはりましてん」

ここまで言うと、一息ついて
「小佐田はん……やりましたなあ」

と言ってくださった。おもしろくなったのは南光さんの力なのに、おほめの言葉のおすそ分けをしてくれたわけだ。

ぐっどじょぶ
——演者のキャラクター

植木屋の徳は、出入り先の旦那が自慢にしている松を丸坊主にしてしまったため、出入りを止められてしまう。その上、それまでの手間賃も友達に頼まれたものを買って使ってしまったという。あきれた女房は怒って出て行ってしまい、仲裁に入った家主も徳に家を空けるように言う始末。望みを失った徳は「助けてくれる福の神か、楽にしてくれる死神、どっちでもええから出て来てくれ！」と祈る。すると、陽気な神様と陰気な神様が現れる。外見とは違って陽気なのが死神で、陰気なのが福の神。死神は人間が生きようか死のうかと苦しんでいる時に、背中をポンと叩いて楽にしてくれるのだという。生きていたい徳は福の神に残ってもらうことにする。福の神が陰気に福を授けると、蔦屋の番頭がやって来て、丸坊主になった松の木を植え替えようと抜いたところ、根元から小判の入った壺が出てきたとのことで礼金の二百両をくれる。そこへ女房が帰って来て、徳が友達に頼まれて買った富くじが一番富に当たったという。

あまりの好運続きに「こんな嬉しいことはおまへん。いつ死んでもよろしいわ」と言うと、死神が「さよか。ほたら、むこう向きなはれ」言うなり徳の背中をポーンと叩いた。

○　○

落語は演者さんを決めて書くことがあるんですか？　というご質問をいただくことがよくある。「ことがある」どころか、私は誰が演じるかわからない台本は、一度も書いたことがない。それどころか、演者が決まらないと書き始めることさえできないのである。極端な話をすると、同じテーマで噺を書くとしても、演者によってガラリと内容が変わってしまうことさえある。

例えば桂文三さん。コロコロした体型と陽気な声、眉の開いたすてきな笑顔は上方落語界の宝物である。実を言うと、私はこの文三さんにあてて台本を書く時、わくわくしながら書いているのだ。台本を一行書くと、あとは脳内で文三さんが勝手にしゃべりだしてくれる。

その文三さんに喧嘩をしてもらうという噺を演じてもらったことがある。喧嘩をやりなれない人のために、理想的な喧嘩の相手を勤める「喧嘩屋」が主人公の『喧嘩売買』という噺。もともとは都丸時代の桂塩鯛さんに書かせてもらった（一九九三年三月十八日初演）ものを、後に、前名のつく枝時代の文三さんに演じていただいた。塩鯛さんの台本では、気が弱いと自称する女の人が急にキレてしまうくだりでサゲを付けていたのだが、二〇〇一年三月、文三さんに演じてもらうにあたって、いつもニコニコしているので馬鹿にされて困るという男をプラスした。

喧嘩の方法を教えられて

「コラ！　おまえ、ええかげんにせえよ！　なあなあぬかしとったら、ドタマかち割るぞ！」

などというものすごい台詞を、口では怒りながら顔はニコニコ笑って言うという、昔、竹中直人さんが披露していた芸のような状態になる……という作品である。

文三さんほど、料理やお菓子をおいしそうに食べる人はいない。いわゆる「食べっぷりのいい男」なのである。そこで、最初から最後まで、ひたすら食べ続けるネタを書かせていただいた。お通夜の席に遅れてやってきた主人公の政が、挨拶をしながら次々と料理を食べつくしていくという噺。この主人公、酒は一滴も飲めず、太巻き寿司と巾着寿司を食べたあと、酒を飲んでいる熊はんの前でコノワタをすすり、車海老の天ぷら、レンコンの天ぷら、トロロ、南瓜の炊いたんをたいらげたあと、ごはんを注文するので、酒飲みの熊はんから「気色悪いんじゃ！　そっち行け！」と怒鳴りつけられる。

その後、御寮人《ごりょん》さんの部屋に通されて橘屋のへそ饅頭、虎屋の羊羹、栗饅頭、きんつば、最中、薯蕷《じょうよう》饅頭と食べ、御寮人さんから追い出されて店に出て来ると台所で女子衆のお清が「注文が二重になって、うどんが余ってしもうた」と騒いでいる。そこで、うどんをズルズルとすすっていると、奥から御寮人さんが現れて「政はん。あんた、まだ食べてんのか？　家に帰らいでもええんか？」と言うと、政はん「そや！　家へ帰らないけまへんねん。嬶が言うてました。『今日のおかずは、あんたの大好きなトンカツや』て」。

　タイトルは『食通夜《しょくつや》』。二〇〇四年九月七日に京都の「上方落語勉強会」で初演されている。この噺で文三さんは、すべての食べ物をみごとに食べわけてみせてくれた。

　そして、この『ぐっどじょぶ』である。二〇一三年三月十一日に同じ「上方落語勉強会」で初演している。こちらには、世の中のイメージをくつがえす陽気な死神と陰気な福の神を登場させてみた。陽気な死神は文三さんのキャラそのもので、陰気な福の神は最初の台本では台詞をしゃべっていたのだが、後にはほとんどその台詞を死神が代わってしゃべるようにした。福を授けられて喜んだ徳さんが礼を言っても、無言で渋く笑って上向きに親指を立ててみせるだけだ。この動きが印象に残って、お客さまから『ぐっどじょぶ』というシャレたタイトルを付けていただいた。

　陽気な死神と陰気な福の神というキャラ設定までは思いつくのだが、なぜ死神が陽気で福の神が陰気なのか……という理由付けが必要だ。そこで、死神が福の神の事情を説明する。

「福の神いうても、そないにええ仕事でもおまへんねで。そら、福を授けてやった当座は人間も喜びますわいな。けど、じきに幸せに馴れてしもうて『もっと幸せにしてくれ』て欲出しよりますねん。それだけやったらええけど、今度は手に入れた福を無くせへんかとビクビクしだしよりますねん。で、しまいには『こんなんやったら、福もらうねやなかった』て、こんなこと言いよりまんねんで。そやさかい、福の神てな仕事、達成感というか満足感がのうてストレスが溜まる一方で性格も陰気になりますねん」

対して死神は

「幸福ちゅうもんには限りがおまへんけど、『死ぬ』ちゅうことは、それ以上の悪いことがおまへんやろ。死んだあとは安心ですねん。残された遺族も最初のうちは悲しんでるけど、日が経つごとに哀しい気持ちは薄れてきまんねん。で、何か月かたつと、生きてる間はどんな嫌なやつでも『あいつ、なかなかええやつやったんとちがう』なんて言われるようになりますねん。そやさかい、我々死神は、人が死ぬか生きるか迷うてる時には、背中をポンと叩いて『おつかれさん。おめでとうさん』ちゅうて、あっちの世界に送りこんだげますねん。そやさかい、私らは陽気に暮らしてますねん」

文三さんのキャラクターに頼り切ったような噺であっても、この程度の「もっともらしさ」は用意しておかなくてはならないと思っている。

質草船唄

——名人伝説を落語に

初代桂文枝が売り物の『三十石』をピタリと演じなくなった。自慢の船唄が聞けなくなった贔屓たちはその理由をいろいろと想像するが真実はわからない。ただ、『三十石』を質草にして薬屋「五龍圓」の主人・浮田から百円の金を借りたことまではわかった。その百円を何に使ったかは文枝も言わないので謎のままである。ある日、文枝を贔屓にしている薬屋「三蔵圓」の女主人・吉野が文枝を座敷に呼びつけて「噺を質入れするやなんて、文楽の摂津大掾を真似しての名人気取りか」と叱る。文枝は、昔、三十石の主船頭《おも》をしていた老人に本物の『三十石』の船唄を教えてもらったのだが、その老人が重病で莫大な治療費が必要であることから、ネタを質草に百円借りたと明かす。それを隣の座敷で聞いていた浮田は納得する。その話に心を打たれた吉野は文枝に百円の祝儀を与えて、『三十石』を質受けする。

その翌日、寄席の高座で文枝は美声を張り上げて船唄を歌う。〽鍵屋浦にはナ碇はいらぬ、三味や太鼓でナ舟つなぐよ……。これを聞いた贔屓客「文枝の『三十石』に碇が要らんことぐらい、前からわかってるわい。質草の『三十石』も流しよらなんだ」。

○　○

上方落語の「伝説」のほとんどは初代桂春團治が受け持っている。その破天荒な生きざまとエピソードは、芝居や映画になって現代まで伝えられているが、中には他の落語家のエピソードもかなり取り込まれている。例えば春團治のトレードマークである赤い人力車も、実際には少し前の時代に活躍した三代目桂文三という人が乗っていたもので、「赤俥の文三」と呼ばれるほど周知のものであったらしい。

もうひとつ、上方落語界で有名なのが初代桂文枝が十八番の『三十石』を質入れして、ご贔屓が質受けするまで一切演じなかったという「伝説」である。なぜ、文枝が質入れしなければならなかったかという理由ははっきりしていないのだが、そのあたりの事情を想像してこしらえあげたのがこの一席である。

五代目文枝師の襲名は一九九二年八月三日のことだった。その直後の九二年の秋から、師匠のお話を私が聞かせていただくようになり、四年後の九六年に『あんけら荘夜話』というタイトルで青蛙房から出版された。

襲名された直後に「お祝い」として作らせていただいたのがこの噺の元になった『初代文枝《しょだいぶんし》

情船唄《なさけのふなうた》』だった。その台本は口演されることのないまま、師匠とは二〇〇五年三月にお別れした。それっきりになっていた幻の噺を世に出そうと思いついたのは、京都府立文化芸術会館で開かれている「上方落語勉強会」で、文枝師の末っ子弟子である阿か枝さんに私の新作を演じていただくことになった時のこと。阿か枝さんは文枝師の語り口の味を最も濃厚に受け継いでいる方なので、私が思い描いていた幻の文枝の高座を再現してもらえるにちがいないと思ったのである。そして、その思いは叶えられた。初演は二〇一六年三月二十二日。第一稿を書いてから二十三年後のことになった。

文枝師にお渡しした台本との相違点は、阿か枝さんがマクラで「私の師匠は五代目桂文枝でして」と言っているのが、原形では「桂文枝という名前は、わたくしで五代目になるんでございますけども」という台詞になっているところと、質受けを申し入れる三蔵圓の旦那を女性のご寮人に変えたくらいである。

初代文枝が借金をした理由はいまだに不明である。実際に借金したのかどうかも今となっては謎である。そこで、私はこんなドラマをこしらえてみた。以下、この噺の中で語る文枝の説明の台詞である。

文枝「わたくしが『三十石』をどうやらこうやら売り物にさせていただきましたのは、あるお人のおかげなんでございます。私が駆け出しのころ、ある席で『三十石』の船唄を歌うておりましたら、どこからともの『あーあ、こんな船唄、聞いてられへんな』という半畳でございます。その日はしどろもどろになりながらも、なんとか落ち合いをつけまして、そのあくる日も『三十石』。船唄にかかりますと、またしてもアクビと『なさけない船唄やなあ』という半畳ですわ。『いったい誰が?』と客席を見まわすと、一番後ろの柱にもたれているお年寄り。席がはねたあと、木戸口でそのお年寄りを捕まえまして『わたしの船唄、どこがお気に入りまへんねやろ?』とうかがいますと、『あんたの船唄、確かに声は出てる。ええ声や。けど、あない声に任せて歌うたら、昼間に歌うてるように聞こえる。あれは夜船の噺やで』とのお小言。わたしもムッとはいたしましたもんの、お話をうかごうてみますと、そのお年寄りは昔、三十石の主船頭をやってはったというお方で、今では娘夫婦に引き取られて隠居の身の上……とのこと。これがご縁で、そのお年寄りからほんまもんの船唄を教えていただき、おかげさんで、今では曲がりなりにも私の売り物にさせていただいております。ところが、そのお年寄りがふとしたことから患いつきましてな。喀《かく》という死に病とのこと。幸い、わかったのが早かったんで、今のうちに養生したらなんとかなるんやそうで……。その医者代、薬代でなんのかんので百円のお金がかかるとのことでございます。娘夫婦は自分らのやってる店を売って百円のお金を算段すると申します。ところが、親父さんのほうが『そんな死に金使うてくれるな。わしのことはほっといて、夫婦でこの店をもっと大きゅうしておくれ。そやないと、わしは恨みます。どんな薬も飲むこっちゃない』と意地を張るんやそうでございます。娘さんからその話をうかがいまして『よろしゅうございます！　これまでのご恩返しに、その百円のお金は、この私が用意させていただきます！』と、えらそうに胸をたたいて帰って来たもんの、派手に見えても芸人のこと。百円てなまとまったお金、右から左へというわけには参りません。思い余って浮田の旦さんにおすがり申して百円のお金を訳も申さずに拝借いたしました。その時、旦さんは祝儀としてやる……とおっしゃってくださいましたが、ひとのお金で恩を返したのでは、それではなんにもなりません。教えていただいた船唄で恩返しするのもなにかの縁じゃと、無理言うて質に取っていただいた『三十石』。わけというのは、こういうことでございます」

これは全く私の想像であり、なんの根拠もないことを念のため申し上げておく。船唄で始まって船唄で終わることから、船唄が歌える人でないといけない。その上、長い噺なのでなかなか高座にかけられることもないが、阿か枝さんが大事に演じてくださっている。いずれどこかでお聞きいただきたいと思う。

この噺を聞いていると、文枝が藤山扇治郎さん、老船頭が渋谷天外さんという松竹新喜劇の舞台が見えてくる。初代春團治のお芝居を演じている劇団だからかもしれない。

屁臭最中
——タイトルからの新作

昔々の番附やチラシなどの資料に、題名だけは残っているがストーリーは全くわからない……という幻の落語を復活しようという無謀な企画をスタートさせたのは二〇一七年五月十九日のこと。命知らずの演者は桂かい枝さん。そんな古い資料を持っている人というと、芸能史研究家の前田憲司さん。私が最も信頼しているお人だ。その前田さんが所有している古い古い資料の中に残っている落語のタイトルをひとつピックアップして、題名だけをたよりに復活……というより創作するという会である。滅んだ落語を「古墳落語」と呼び、その古墳を桂かい枝さんが発掘するということで会の名前を「発掘カイシ!」と名付けた。

「古墳落語」という言葉は実は米朝師が名付けてくださった。毎日放送ラジオで米朝師が「ザ・上方寄席」という落語の番組の解説のコーナーで流す古い落語レコードの音源を前田さんのご好意に甘えて使わせていただいていた。毎週のように前田さんから送ってもらった古い

古い音を聴いておられた米朝師が
「前田クンのは古典落語やのうて古墳落語やな」

とおっしゃったのが始まり……という由緒正しき命名なのだ。

その「発掘カイシ！」第一回公演で演じられたのが、表題の噺。前田さん所有の明治二十七年（一八九四）の「扇面イロハ並び上方噺」という、扇面に上方落語の題名をイロハ順に書いた資料から選び出したのだが、そもそもどう読むのかもわからない。「へくさもなか」かもしれないし、「へしゅうもなか」かもしれない。どっちにしても屁の匂いのする最中なんか食べたくもないし、お聞きのお客様も笑えないだろうと判断して、私の勝手で「へくさのさいちゅう」と読むことにした。

タイトルは決まったものの、内容は全く手掛かりがない。屁の臭い最中に何をしたらいいか……ということを考えたとき、絶対にタイトルのイメージ通りの汚い噺や下ネタにはしないでおこうと考えた。そこでいきついたのが深窓の令嬢の恋愛ばなしである。どのようにして作り上げたかを、実際の台本をご覧いただきながら説明させていただこう。

上方で深窓の令嬢といえば船場の商家の娘さん。「とうやん」とか「いとはん」と呼ばれるお嬢さんである。お嬢さんの恋愛の相談相手というと、小さい時にお乳を飲ませてもらっていたお乳母《んば》どん。古典落語『崇徳院』の例に倣っている。

噺はその乳母のお竹どんが、お嬢さんの部屋を訪れるところから幕が開く。

お竹「とうやん。お加減どないでございます？」
お花「おおきに、お竹。おかげさんで、だいぶとようなってきたように思うの」
お竹「それは、ようございました。いいえ、ほんまにびっくりいたしましたで。常からお達者で、お風邪ひとつ召したことのなかったとうやんが寝込んでしまわはって……。旦さんから『うちのお花がわけのわからん病になった。医者に診せたところが気病《きやまい》……心に思うてることがあって、それがもとで寝付いているらしい。その『思うてること』いうのをわしが聞いても言わん。うちのやつが聞いても言わん。親には言いにくいことかもしれん。それやったら、小さいころにお乳をあげてた乳母のあんたから聞いてほしい』……ちゅうことで、わたしに白羽の矢が立ったんでございます。とうやん。どうぞ、このお竹になんでもおっしゃってくださいませ。さ、おっしゃれ、おっしゃれ、おっしゃれ……」
お花「ああせわしな……。おおきに、お竹。実はな、もうわて、誰にも言わんと死んでしまおと思うてたんやけど、あんたの顔見たら、なんやウジウジ思うてんのがあほらしなってきた」
お竹「さようでございまっせ。ウジウジしててええことはひとつもございまへん。ウジでええのんはお茶だけでございまっせ……言うたりして。オホホホ」
お花「あんた、元気でええなあ。あんなあ、ほたら思い切って言うてしまうけども……わて
……気になるお人が居てんねんわ」
お竹「はあはあ、気になるお人と申しますと？」
お花「いいええな、胸がキュンとなんねんわあ」
お竹「心臓でございまんな。お気をつけあそばせや」
お花「……あんたに遠回しに言うても無駄やちゅうこと忘れてたわ。いいええな、好きなお人
ができたんやわあ」
お竹「はあはあ、好きなお人がねえ……。な、なんでございます！　と言うことは、とうやん、
どなたかにお惚れ遊ばしたんでございますかあ。まあ、いややの。いつまでもお子達やと思
うてましたのに……。いややややや。どないしまひょ。おお恥ずかし」
お花「あんたが恥ずかしがらいでもええねんで」
お竹「で、どちらさんでございます？」
お花「え？」
お竹「いいええな、そのお惚れあそばしたお相手ちゅうのは、どちらさんでございます」
お花「そんなこと言われへん」

お竹「なにをおっしゃいますやら。『そんなこと言われへん』……てなことおっしゃってるのが、さいぜんのウジウジでござりまっせ。で、そのお相手にはとうやんのお心をお伝えなはったんでございますか？」
お花「さあ、それが言えるくらいやったら、こないして寝込んだりしてへんやないか」
お竹「それやったら、このお竹にお相手のお名前をチラッとおっしゃりませ。じきにめでとうおとりもちさせていただきまっせ」
お花「無理やと思う」
お竹「そんなことおっしゃいますな。いまから走って行って、相手の胸倉を取ってでも『うん』と言わせて来まっさかい、ご安心あそばせ」
お花「安心できるかいな。喧嘩すんねやないねさかいな。……けど、あんたに話したら気持ちが楽になったわ。あとは自分でなんとかするさかい、あんた、もう帰っとう」

このくだりまでは、ほぼ『崇徳院』の応用編である。手伝いの熊五郎をお竹という陽気なおばちゃんに置き換えたことで、多少の色合いの変化がある。

お竹「さようでございますかあ。なんや、心残りでございますなあ。……あ、そやそや。ほたら、これを差し上げますわ」
お花「それ、なに？」
お竹「私の生まれ故郷のお宮さんでいただいたお守りでございます。私が大阪へ出るときに、母親が『困ったこと、頼みたいことができたら、ショウガを断って神様にお願いしなはれ。ほたら、必ず神様が救うてくれる』て」
お花「ショウガ？」
お竹「へえ。うちの村の『ハジカミさん』ちゅうて、ショウガを食べんとお願いしたら、そらまあ霊験あらたかな神さんらしおまっせ。うちは、こんな気性やさかい困ったり、頼みたいことがなかったもんで、いっぺんも使うてまへんねんわあ。まだサラで使えると思いまっさかい、差し上げますわ」
お花「そうお。悪いなあ……。ほたら、試させてもらいまっさ。おおきに」
お竹「ほんま、大丈夫だっかあ？　とりあえず、お家の中に閉じこもってたらあきまへんでえ。世間は桜が盛りだっせ。桜の宮あたりへお花見にお出かけ遊ばせ。きれいな花を見たら、気もバーッと晴れまっせ。けど、具合悪いときは、じきに呼んどくなはれや。富田林《とんだばやし》からじきに飛んで来まっさかいな。『富田林から飛んでばやし』やなんて……。ほほほほ。ああ、おかし。ほな、失礼します。お大事に」

お花「おおきに……。お守り……いただきます。……ありがたいなあ。けど、賑やかやったなあ。お竹はちょっとも変わらへんわ。けど、わては変わらないかんなあ。……思い切って打ち明けよかなあ。……いやいや、よう言わへんわ。……お竹に胸倉つかんでもらおかしらん。……それよか、今もろたお守りに頼んでみよかしら。（お守りを手に持って）ショウガを食べるのをやめてお願いするちゅうてたなあ……。ショウガ、そないに好きやないしなあ。頼んでみよかしら。そないしょう。頼んでみよ……。神様、よろしゅうお願いいたします。……あらあらあら。お守りの中でなんか動いてんのとちがう。いややややや。ほんまに動いてるわ。なんやのん、これ、気色《きしょく》悪い。きゃーっ！」

神様にお願いするというパターンは『神だのみ初恋篇』で使っている。落語にやたらと神様を登場させるのを好まないむきもあるが、私は神様や幽霊が大好きで、よく作品にご出演願っている。

さて、いよいよ神様の登場である。ここは古典落語っぽくハメモノを入れることにした。ハメモノは古典の定番の曲を応用している。

とうやん、思わずお守りをそばにありました火鉢の中に放り込みますと、煙がモワモワモワッ！

［下座］ドラ・太鼓　グワングワーン

神様「熱い熱い熱い！　ゴホゴホゴホ……。なにすんねんな！　やけどしたやないかい！　無茶さらすない、ワレ！」

お花「え、えーっ！　あ、あ、あんた、誰？」

神様「わし？　わしは神様やんけ」

お花「『やんけ』？　ほ、ほんまに神様？」

神様「ワレ、疑うてんのけ。疑うとあらば言うて聞かさん。謹んで承《うけたまわ》れ」

［下座］「楽」

神様「われは南河内は富田林に鎮座する、河内長野命《かわちながののみこと》なり。お竹の真心承った。そちの願い叶えてつかわす。ゆめゆめ疑うことなかれ」

［下座］「楽」止める

神様「ちゅうわけよ」

お花「な、なんですか？　あのー、あんさん、ほんまに神様ですのん？」

神様「ほんまほんま。わし、ほんまもんの神さんやんけ。ゆめゆめ疑うことなかれ」

お花「いやあ、疑いますわ。神様が『やんけ』てなことおっしゃいます？」

神様「そら、ねえちゃん、しゃあないやんけ。わし、南河内の神さんやろ。土地には土地の訛りちゅうのがあるわい。そんなことより、願い事があんねやろ。早よ言うたらんかい、言うたらんかい。ちゃっちゃと片付けるさかい」
お花「いや、あの、けど、ショウガを断ってお願いせなあかんのとちがいますのん？」
神様「なに、それ？　そんなん、わし知らんで。勝手に人間が決めてんのとちゃうけ」
お花「あ、ああ、そうですか。それやったら、お願いしてみよかな。あのー、私、あるお人が好きになりまして、その思いをなんとか相手さんにお伝えしたいと思うてるうちに患いついてしまいました」
神様「ええ？　好きな人が？　ようよう、ねえちゃん、ええなあ。つまりは、『恋愛成就』ちゅうやっちゃな。わし、四字熟語も知ってんねん。へへへ。わかったわかった。あんたの願い叶えたろ。で、相手て誰？」
お花「あのー、神様やったらおわかりになるのとちがいます？」
神様「うわあ、痛いとこ突かれたなあ。わし、そこまでの力はないねん。わりとお手軽なほうの神さんやさかいな。なあなあ、相手、誰、誰、誰？」
お花「ほんま大丈夫やろか……。あのー、それやったら申し上げますけど、いつも小間物を持って来はる小間物屋の手代の寛太郎さんというお方で……」

神様「ようようよう。寛太郎はん、寛太郎はん。えらい色男やなあ。わかりました。ねえちゃんの願い叶えたろやないか」
お花「えっ！　ほんまでございますか。ありがとうございます。ありがとうございます」
神様「礼言うのは早いがな。まずはやることやってもらわな」
お花「えっ！『やること』て、ショウガは断たいでもよろしいんやろ？」
神様「ショウガなんかどうでもええがな。わしに願い叶えてもらおと思うたら、アレしてもらわな、アレ」
お花「アレ……とは？」
神様「なんや、聞いてへんのかいな？　わしに願いを叶えてもらおと思うたら、大きい恥をひとつかかなあかんねん」
お花「はあ？　恥をかく……んでございますか？」
神様「そやがな。恥をひとつかいたら、願いを叶えたんねん。そやさかい、土地の連中はわしのことを『恥かきさん』と呼んでんねやないけえ」

ここで、一つ目の笑いの山がくる。「ハジカミ」と思っていたのが実は「恥かき」だったという設定は、ストーリーを考えている途中で思いついた。この噺に限らず、落語の台本はストーリーの順に書いていくとは限らない。こういう脇筋のギャグは、頭の中で全体の流れを再現しているうちに、ふっと浮かんでくるものだ。
ワープロというものができて以来、後から思いついた台詞やギャグを台本の途中に挿入することができるようになった。原稿用紙でスタートした古い時代からの作者にとって実にありがたい発明だとしみじみ思う。落語作家が台本を書くという段階は最後の作業であって、それ以前は頭の中で筋を組み立ててみる。その次の段階は落語家さんがお稽古する時と同じように声に出してみる。落語家さんが「ネタ繰り」と呼ばれる作業である。声に出してみることで、文字だけでは発見できないおもしろさを発見することがある。この「ハジカミさん」のクスグリも、先に「恥かき」というアイデアがあって「恥かき、恥かき、恥かき」と口の中で何度か言っているうちに「ハジカミ」という音に巡り合ったわけである。

お花「あ、ああ、『はじかみさん』やのうて『はじかきさん』でございますか。えらい違いやわ。……で、恥をかくて、どんな恥をかいたらよろしおますのん？」
神様「そらあ、いろいろあるけどなあ。……ま、ねえちゃんはかわいらしいし、あのお竹とかいうお乳母はんの熱心さにも負けて、一番軽い、簡単な恥にしたげるわ」
お花「……ありがとうございます。で、いったいどんな恥でございます？」

神様「うん。一番簡単な『屁臭《へくさ》の最中《さいちゅう》』にしとこかな」
お花「な、なんですのん、その『ヘクサノなんとか』ちゅうのは？」
神様「『屁臭の最中』！　あんたが、願いを叶えてほしいお人の前で屁をこくねん。で、その屁の匂いが消えんうちに願い事を伝えたら願いが叶えられるという、うちで一番簡単な恥やけど」
お花「はあ？　屁……ておならでございますかぁ？　寛太郎さんの前でえ？……いやぁ、そんなん、ようしまへんわぁ」
神様「あ、そう。それやったら、別のんやる？　この次に楽なんは『裸で梯子』と『鼻からうどん』やけど」
お花「おならで結構です」
神様「ほかにもあんで」
お花「いいえ、結構でおます。おならでお願いします」

ここで「裸で梯子」と「鼻からうどん」の説明をしてもいいのだが、この場合はあえて省略することで、聞き手の皆さんに想像してもらうことにした。聞き手に脳を揺らしてもらって笑っていただくわけだ。

神様「わかった。ほたら、じきに願いを叶えたろ」
お花「けどお、おならて、出そうと思うて出せるもんとちがいますやんか」
神様「それやったら、おならを出しやすうするコツを教えたるわ」
お花「そんなコツ、おまんのか？」
神様「あるある。簡単なこっちゃで。あんな、空気を食べるねん、空気を」
お花「空気を食べる？」
神様「鼻から息吸うたらあかんで。空気が肺のほうに入ってしまうさかいな。口を大きゅう開けて空気を胃袋のほうへ入れるんや。やってみ」
お花「は、はあ。（口を開けて空気を食べる）……こうですか？」
神様「（拍手して）できるやんけ。うまいうまい。それでおなかに空気をためて、一気に下から出したらええねん。ボロクソや」
お花「うまいことできるやろか？」

ちなみに、こんなことでおならを出すことができるかどうかは保証の限りではない。あくまでもイメージである。

さて、ここで新しい登場人物を出してストーリーを展開させよう。

定吉「あのー、とうやん。お部屋にどなたぞ居てはりまんのか?」

お花「あ、定吉か。……(指を口に当てて神様に黙っててという合図をして)いいや、わてひとりやで」

定吉「さよかあ。あのー、いつもの小間物屋さんが来てはりますけど、通ってもろてよろしいかあ?」

お花「えっ! もう来たんかいな!……ああ、ほたらお通ししてんか」

定吉「へーい」

いきなり、お目当ての小間物屋の寛太郎さんに登場願ってもいいのだが、船場の大きな店だから、取り次ぎの丁稚にご足労願った。

神様「な、もう来たやろ。わしが呼んだんや。ここらが神さんの値打ちやがな。さ、早いこと片付けよ」

お花「けど、そんなこと言われても」

神様「わし、天井裏で見てたるさかいな。屁の匂いの消えんうちに願い事言うねんで。ほな、よろしゅうに」
お花「あ、ちょっと、神様……。消えてしもたがな。どないしょう」

芝居なら仕掛けで姿を消すところだが、落語は便利でいい。相手に「消えてしもた」と言わせたら、その場でスッと消えることができる。
さて、いよいよ二枚目の寛太郎さんの登場になる。

寛太郎「えー、いとはん、小間物屋でございます」
お花「あ、ああ、小間物屋さんかいな。どうぞ入っとう」
寛太郎「いつもありがとうございます。今日はかんざしと櫛の新しいのを持って参りましたんで」
お花「あ、ああ、そう。(口を開けて空気をしきりに食べる)」
寛太郎「えー、あの、このかんざしは珊瑚の五分玉でございまして、色合いもまことに……。あ、あのお、とうやん。どないぞなさったんでございますか?」
お花「え? いえいえ、なんでもないねんわ。この部屋、なんや空気が薄いみたいで」

寛太郎「さようでございますかあ。なんや、とうやん、鯉みたいでんな」
お花「えっ！『恋』やなんて、そんな恥ずかしい」
寛太郎「いえ、恋やのうてお魚の鯉でございます」
お花「あ、ああ、そう……。（おなかに力を入れて）うーん。うーん。……うまいこと出るやろか」
寛太郎「あのー、とうやん。おなかが痛とおまんのか？」
お花「いや、そんなことないねんで。ちょっと、ほっといてくれる？　うーん！　うーん！　えいっ！」

［下座］笛　ピー

おならの音をどう表現するかで頭を悩ませた。大男の放屁で主人公が吹き飛ばされる『島《しま》巡大人屁《めぐりたいじんのへ》』という噺でも、屁の音はドンデン、ドンデンという大太鼓の「大ドロ」で表現されている。この噺の場合はかわいいお嬢さんのおならなので、リアルな音ではなく、妙なる音にしたかった。茂山千五郎家の新作狂言に『妙音へのへの物語』があるが、こちらの作品では屁の名人の出す音は尺八で表現していた。そこで、初演の時には笛の名手・月亭遊真《ゆうま》さんに相談していろいろと工夫してもらって、それらしい音を出してもらったが、かなりの高等技術を要した。再演以降は、誰でも鳴らすことができる、パーティなどで使うゴムのバルーンの付いたラッパを使っている。あの「パフッ」という音はリアルでもなく、適当に間が抜けていて評判がいいようである。

寛太郎「い、いまのはなんでございますか？」
お花「いややや、恥ずかしい……て言うてる場合やないわ。（手を合わせて）寛太郎さん、私の想いを受け取ってくださいっ！（と目をつぶり、そっと目を開けてみる）」
寛太郎「……もし、とうやん」
お花「は、は、はいっ！　ごめんなさいっ！」
寛太郎「あんさん、わてのことをそないに思うてくれてましたんか。いいえ、わたいも、前々からとうやんのことをお慕い申しておりましたんやでぇ」
お花「えーっ！　よかったあ。間に合うたわあ。用が済んだら、早よ臭い消さな。（と袖で風をおこして臭いを消しながら）まあ、あんたもうちのこと、思うてくれてたんかいな。こんな嬉しいことはないなあ」
寛太郎「とうやん（手を握る）」
お花「寛太郎はん」

お竹「あのー、すんまへん、とうやん。わて、お守り出したときにお部屋に巾着忘れてまして……。あらら、小間物屋の若い衆ととうやんが手ぇ取り合うて……。わかった！　あんさんの思い人はこの人でしたんやな」

お花「いや、あの、おとっつあんと、おかあはんには言わんといて」

お竹「申しまへん。申しまへん。申しますかいな。けど、今やから申しますけどな、わて、前々からお二人の仲、『臭いなあ』と思うてましたんやでぇ」

お花「えーっ！　まだ匂いが残ってるんかしら」

……というのが噺の全容である。元の台本ではこのあと、母親と父親も登場するのだが、煩雑すぎるのでかい枝さんがこの型にまとめてくださった。

この「発掘カイシ！」は二〇二〇年現在継続中であり、そこで復活された噺は『屁臭最中』のほか『怪談ほたへちゃ』、『七福神富貴蔵入《しちふくじんふうきのくらいり》』、『ポペンムスメ』『家内芝居《かないしばい》』などが並ぶ。

若いころは全くなにもないところから物語を創ることができた。ある程度の年齢になると、ゼロからの創作は難しくなる。その代わり、長年の経験で身に付いたテクニックを応用してそれらしい噺のパターンをこしらえるのはうまくなったように思う。

この「古墳落語」もタイトルの「屁臭」と「最中」の二題噺でこしらえあげたものなのである。

落語作家根問
――あとがき

なぜ落語作家になったのですか？　という質問をいただくことがある。

理由は落語という芸能に無限の可能性を感じたから……と言えば格好がいいのだろうが、ほんとのところは「勢い」というか「はずみ」でなってしまった……というのが正しい。作家になるための学校に通ったこともないし、なによりも大学を卒業したあとは堅気の企業に就職して十三年半にわたって勤務していた。もっとも、枝雀さんに

「そもそも、あんさんがサラリーマンをしていたこと自体が間違いでしたんや」

と言っていただける程度の優秀（？）な勤め人だったわけだが……。

それが、ひょんなことから枝雀さんの台本を書かせていただくようになり、最初は会社との二足の草鞋を履いていたのだが、やがてこちらの世界に流されるように入ってきた。そのあたりのいきさつは、『枝雀らくごの舞台裏』と『米朝らくごの舞台裏』に書かせていただいたの

で、興味のある方はそちらでお読みいただきたい。

転職を決めたときも、チャンスを見送って後になって「あの時、やっといたらよかった」とウジウジ後悔するより、とりあえずやってみて、失敗しても「今度はあかんかったけど、次はうまいことやろ」と反省する生き方のほうが精神衛生上いいと判断したからにすぎない。「反省すれど後悔せず」なんて言うと思い切りのいい性格のようにお思いかもしれないが、判断を下すのに十三年半もかかっているのだから実は「怖がり」なのだ。

「なぜ演芸作家ではなくて落語作家なのですか？」というご質問もいただく。答えは簡単で、落語以外の演芸の台本はよう書かん……からである。と言って漫才が嫌いなわけではない。幼少のころ、我が家では正月には道頓堀の角座に一家で出かけるという美風があった。その時に聞いた漫才や音楽ショウは楽しかった。でも、「好き」ということと台本を書くことは別物なのだ。実は若かりしころ、ラジオの番組で一年間ほど毎週、五分ほどの漫才台本を書いていたことがある。演者は、はな寛太・いま寛大のお二人。書いてみてわかったのだが、漫才はとても難しい。同じ「お笑い」の芸でも落語の台本はストーリーを展開させるものであるのに対して、漫才はストーリーをできるだけ停滞させて、その状況を楽しむ芸ではないかと思っている。おおざっぱなたとえで言うと落語が小説なら漫才はエッセイなのだ。落語の場合はネタに入ると演者は消え、登場人物たちが活躍する物語の世界になる。漫才は途中でコント風な掛け合いになる部分はあるとしても、あくまで寛太・寛大というお二人の個性が笑いを創り上げていく。

落語作家が漫才を書くとどうなるか？　まず始まってから第一発目の笑いまでの時間がかかる。こちらとしては仕込みとしての状況説明が要ると思うのだが、漫才はその部分でもツカミの笑いが要るのだ。お二人はさぞ演りにくかったことだと思う。中で一本だけは、漫才の型に近づけた作品があったので、後に書きなおして落語会の余興として落語家さんに演じてもらった。その落語家とは枝雀さんとざこばさん。おそろいの赤いジャケットに身を包んだお二人の漫才は枝雀さんのキレッキレのボケと、ざこばさんの確実な突っ込みでみごとな高座になっていたように思う。『僕の庭園』という昭和の香りのする台本だったが、私と漫才との御縁はこれっきりである。もう一度言うけれど、漫才の台本はほんとに難しい。

漫才は書けないけれども講談と浪曲は書かせてもらった。いずれも一人で演じる芸能という点は落語と共通しているが、他の部分ではずいぶん勝手が違う。ことに浪曲はフシの部分に七五調の名文句を書く「詩人」としてのセンスも必要なのだ。そもそも落語は登場人物の会話で進めていく芸で、芝居で言うト書きの部分はできるだけ書かないほうがいい……という教えに従って書いて来たのだが、浪曲では「いいフシを聞かせるのはト書きの文句の部分だ」といわれて、今になって苦労させてもらっている。

文楽の浄瑠璃を書いた時も同じご注文を作曲の鶴澤清介師からいただいた。「音曲」は言葉にもメロディが必要ということを勉強させてもらった。

また、「なぜ落語家にはならなかったのですか？」というご質問もいただくことがある。まずは天賦の才がなかったこと。落語家に限らず、芸にたずさわる人の声の質は特別なものである。私の声はこもりがちの上、滑舌が悪くて早口ときているので大勢の人に伝わりにくいことはよくわかっている。

それに、落語家というお仕事、十分なり二十分なり、長いものなら一時間以上もの長い時間、ひとりでしゃべり続けなくてはいけない。お芝居なら、相手役がしゃべっている間は黙っていることができるが、落語は当然ながら相手役の台詞も自分がしゃべらなくてはいけないので、一瞬も休むことはできない。これはそうとうな体力を要する肉体労働なのだ。たまに講演などを頼まれて一時間ほどしゃべることがあるのだが、三十分を超すと明確に疲れてくるのがわかる。そんな仕事のあとで落語会に行き、前座の若手が十五分ほどの高座を元気に勤めているのを聞くと無条件に「プロはえらいもんやなあ」と感心する。そんなこんなで「落語家になりたい」という思いは一回も持ったことがない。

しゃべり方ならお稽古を重ねたら上手になる……というご指摘もあるかもしれないが、残念ながら私は「お稽古」ができない体質なのだ。そう！　声とか体力を理由にしているが、そもそも私は芸事の基本となる「お稽古」が嫌いなのである。過去に義太夫や茶道のお稽古に通ったこともあるし、もっとマニアックなジャンルなら歌舞伎の「ツケ打ち」の稽古にも通ったことがある。いずれも道を究めるところまでは行かず、入り口をちょっと入ったところで「ちょっとお休み」と言いながら離れて行ってしまっている。枝雀さんという「お稽古」が大好きだったお人を身近に見せていただくにつけ、「自分には無理」と思わざるを得なくなった。そんな根気のない気質なので、いろんなものをちょいちょいとつまみ食いさせていただくことができた。それが台本を書く上では役に立ったように思う。

落語の台本を書くには、いろんなジャンルの適度に浅い知識がとても役に立つ。なまじ深い知識があるとついつい「こだわり」が出てきてしまい、説明が必要な台本を書いてしまいかねない。落語……とくに新しく作る作品は解説なしに聞いていただくようにするにこしたことはない。具体的な道具や衣装、化粧などの「風景」を見せることのできない言葉に頼り切った芸だけに、その上にくだくだと説明を聞いていただくのはしのびない。わからなければわからないままで流して聞いていただいても大筋はわかる……という程度の深さでいいと思うのである。

落語の台本の場合、本書でも何席か実物をご覧に入れているが、台詞が中心で動きも指定しなくてはならないもの以外は演者に任せておいていい。

ここだけの話だが、ほんとうに気心の知れた演者さんに書かせていただく場合は、その演者さんが言いそうなギャグの直前で止めてあえて書かないでおくこともある。すると、口演の際には当然のようにこちらが抜いたギャグを入れて演じてくださるのだ。「自分でアイデアをプラスした」という参加意識がある分だけ、演者さんにも「自分のネタ」という愛情がわいてくるだろう……という姑息な作戦だ。

あと、上方落語の場合は噺の途中に入れる下座囃子……「はめもの」を指定しておけば、台本は完成である。台詞も演劇ほど細かく書きこまず、落語家さんに遊んでもらえる「余裕」を少し残せたら合格だ。

以前の新作落語は落語家さんの自作自演という例がほとんどだった。今でも自給自足で新作を演じておられる人がほとんどだ。落語作家の存在価値があるとすれば、演者の姿を冷静に見ることができるという点。自作自演の場合、苦労して思いついたギャグはなかなか捨てることができないと聞いた。プラスはするが、マイナスはしないのでだんだん噺が長くなってしまうことがある。その点、他人である落語作家だったら

「このギャグは省いたほうがあとあとのためには効果的だ」

と判断すると、あっさりとカットしてしまう。そういう合理性はあると思う。ここらが数少ない落語作家の値打ちだろう。

米朝師にこんなことを教えていただいた。

「ギャグの小出しはいかん。二十点ぐらいのギャグを連発していると、次に六十点ぐらいのギ

ャグを言うてもしらけてしまう。前の二十点のギャグをカットして、六十点くらいのギャグを二つか三つたてつづけに出してから二十点ぐらいのギャグを出すと受けることがある」

この「六十点ぐらいのギャグ」というのもなかなか難しいものなのだが……。

というようなわけで、長々とお聞きいただいた落語作りの裏話。落語作家を目指しているお方の参考になっただろうか。ここで書いたのは私が古典落語から学んだテクニックであって、いわば「古典落語の作り方」なのだ。私は落語に限らず「古典」の形式が大好きで、その形式から離れた斬新なものを書きたいと思わずにこれまで書き続けてきた。

ただ、斬新なものを見たり聞いたりすることは嫌いではないので、この本を足掛かりとして、今までに見たことも聞いたこともない新しい落語を書く人が現れて、その作品を聞かせていただければ一落語ファンとして、とてもとても幸せなのである。

そもそも新作落語を書き始めたきっかけというのが、「自分のセンスにあうおもしろい落語をもっと聞きたい」ということだった。そのためにはひとに書いてもらうより、自分で書いたほうが早いと思ってきたわけだ。

落語台本を書くということが職業として成立するかどうかもわからなかったし、今でも成立しているかどうかも不明である。こうやって今まで暮らしてこられたのは、ひとえに枝雀さんと米朝師匠が私を「落語作家」として扱ってくださって、報酬を受け取れるようにしてくださったおかげなのだ。

落語作家を目指す人で、もしお金儲けをしたいと思うのなら、ほかのものを書くことをオススメする。落語を書くだけで必ず生活ができる……というほど「落語作家」の地位は安定していない。実際のところ私でも落語の台本よりも、このような本を書いたり、放送に出たり、お芝居の台本を書く収入のほうが圧倒的に多いのである。

落語だけで食っていけるように落語作家の地位を上げることができなかったことは、私の怠慢である。さらなる地位向上はこれから後に登場する「落語作家」の使命なのだ。

と言っても高額な原稿料を請求しろというわけではない。落語家さんが自分の独演会で新作を演じるのを売り物にする時や、何度も繰り返して演じて持ちネタにすることを前提にしている時はまとまった金額をいただくが、若手の人が小さな会で試しにやってみようという場合などは、「実験」の意味もあるので、高い原稿料を請求すると誰も頼んでこなくなる。そのあたりは演者と作者の信頼関係で自然と決まってくるものなのだ。

落語作家は高座に上がらない落語家なのである。この思いを持って、これからも書き続けるしかない。

……ともっともらしい結論にたどりついたところで、例によっていつまでも完成しない原稿を優しく待ってくださった筑摩書房の磯部知子さんに感謝して筆をおくことにしよう。

小佐田定雄新作初演年表

[落語]

	タイトル	演者	初演日
1	幽霊の辻	桂枝雀	1977・7・3
2	御札	桂枝雀	1977・10・5
3	猫踊り	桂枝雀	1977・12・5
4	遺言	桂枝雀	1978・2・6
5	弱気の医者	桂枝雀	1978・4・3
6	祇園祭	桂枝雀	1978・6・4
7	天狗の羽団扇	桂枝雀	1978・8・4
8	思い出草紙	桂枝雀	1978・10・6
9	次の節季	桂枝雀	1978・12・4
10	産湯狐	桂枝雀	1980・1・5
11	雨乞い源兵衛	桂枝雀	1980・2・14
12	ドラキュラ	桂べかこ※1	1980・11・14
13	貧乏神	桂枝雀	1980・12・22
14	まじたつ	桂雀三郎	1981・12・5
15	自動改札機魅入	桂べかこ※1	1982・1・11
16	茶漬えんま	桂枝雀	1982・2・7
17	迷い犬	桂べかこ※1	1983・8・12
18	狐芝居	桂雀松※2	1983・8・12
19	帰り俥	桂雀三郎	1983・12・15
20	だんじり狸	桂べかこ※1	1984・10・1
21	宿替え盗人	桂べかこ※1	1985・4・22
22	べかこマクベス	桂べかこ※1	1985・7・1
23	時の氏神	桂朝丸※3	1985・7・22
24	とんび	桂枝雀	1985・8・23
25	探偵物語	桂べかこ※1	1985・9・5
26	元祖・神だのみ	桂雀三郎	1985・9・12
27	猫	桂枝雀	1985・10・9
28	ひとりごと	桂枝雀	1985・11・19
29	死人茶屋	桂吉朝	1985・11・28
30	わに(『吉田さんちの……』に改題)	桂枝雀	1985・12・12
31	ロボットしずかちゃん	桂枝雀	1986・3・24
32	高慢床	③桂文我	1986・4・22
33	極楽坂の決闘	桂雀三郎	1986・5・17
34	途中下車の風景	桂枝雀	1986
35	月息子	桂吉朝	1986・11・28
36	ファミコン丁稚	②桂歌之助	1986・12・21
37	神だのみ現代篇	桂雀三郎	1987・1・17
38	三人見舞い	桂朝丸※3	1987・1・18
39	漢語医者	桂枝雀	1987
40	白雪姫	桂雀三郎	1987・5・23
41	こっちはいり	桂吉朝	1987・7・20
42	悪魔が来たりてホラをふく	桂雀三郎	1987・7・25

43	マキシム・ド・ゼンザイ	桂雀松※2	1987・9・29
44	雨月荘の惨劇	桂雀三郎	1987・11・21
45	龍	桂枝雀	1987・12・6
46	龍さがし	桂枝雀	1987・12・9
47	ミニ書院の反乱	②桂歌之助	1988・2・9
48	神だのみ青春篇	桂雀三郎	1988・2・27
49	わいの悲劇地獄篇	桂雀三郎	1988・3・25
50	芸人その世界	桂雀三郎	1988・4・23
51	神だのみ初恋篇	桂雀三郎	1988・6・18
52	河童	桂雀三郎	1988・7・23
53	ルーマニア	桂雀三郎	1988・8・20
54	雀三郎はかく語りき	桂雀三郎	1988・10・5
55	神だのみ望郷篇	桂雀三郎	1988・10・22
56	アルカリ忠臣蔵	桂雀三郎	1988・11・13
57	あっちこっち丁稚	桂雀々	1988・11・26
58	へび	桂枝雀	1988・12・9
59	巳	桂枝雀	1988・12
60	鉄道員	桂雀三郎	1989・1・21
61	日和山心中	桂雀三郎	1989・2・18
62	桜の下で	桂べかこ※1	1989・3・29
63	一八先生	桂雀松※2	1989・5・17
64	一杯のすうどん	桂雀三郎	1989・6・17
65	磐若寺の陰謀	桂雀三郎	1989・7・15
66	かじか荘の休日	桂雀三郎	1989・8・3
67	怪談蟬時雨	桂雀三郎	1989・8・12
68	紅薔薇組の滅亡	桂雀三郎	1989・9・16
69	ほおずき橋	桂べかこ※1	1989・9・29
70	うま	桂枝雀	1989・12・5
71	馬が消えた日	桂枝雀	1989・12・14
72	博士の華麗な冒険	桂雀三郎	1990・3・10
73	花博めぐり（前半）	桂吉朝	1990・4・23
	花博めぐり（後半）	桂べかこ※1	1990・4・23
74	天衣紛鶴見初花	②桂歌之助	1990・5・21
75	神だのみ筑豊篇	桂雀三郎	1990・5・24
76	りばいばる	桂雀三郎	1990・6・21
77	花屋敷	桂米二	1990・7・16
78	稲荷の富	桂べかこ※1	1990・7・27
79	バファローズからみたパリーグ復興のための考察	桂都丸※4	1990・7・28
80	鈴木さんの悪霊	桂九雀	1990・8・5
81	かわやなぎ	桂米輔	1990・9・20
82	A型盗人	桂べかこ※1	1990・9・25
83	かぶきブギウギ	林家染吉※5	1990・10・26
84	花鶴見後日面影	②桂歌之助	1990・11・12
85	丹波屋八右衛門	桂福團治	1990・11・25
86	ひつじ	桂枝雀	1990・12・11

87	秋篠温泉	桂小米	1991・1・22
88	猛牛荘の午後	桂都丸※4	1991・1・25
89	田園交響楽	桂雀三郎	1991・2・22
90	竹斎先生	桂雀司※6	1991・3・5
91	わいの悲劇	桂雀三郎	1991・3・12
92	ジャスト・ルッキング	桂九雀	1991・4・15
93	どろぶん	桂九雀	1991・5・13
94	やぐら…にて	桂雀三郎	1991・6・11
95	遠い国から来たスパイ	桂九雀	1991・6・30
96	月夜狸	桂喜丸	1991・9・10
97	歯医者復活	桂雀三郎	1991・10・11
98	幸せな不幸者	桂九雀	1991・10・29
99	うるし山	桂米平	1991・11・7
100	さる	桂枝雀	1991・12・20
101	注文の多い料理店	②桂歌之助	1992・1・10
102	BIDAN	桂雀三郎	1992・1・10
103	哀愁列車	桂雀三郎	1992・3・12
104	白河狐	桂米二	1992・3・16
105	親分はつらいよ	桂ざこば	1992・4・15
106	えんまの餅	桂小米	1992・5・12
107	十三日の木曜日	桂雀三郎	1992・6・26
108	西鶴物語	桂吉朝	1992・7・4
109	他人の顔	桂九雀	1992・7・30
110	金魚屋政談	桂雀司※6	1992・9・17
111	とり	桂枝雀	1992・12・15
112	正義の味方	桂雀三郎	1993・3・12
113	喧嘩売買	桂都丸※4	1993・3・17
114	大黒亀屋	桂べかこ※1	1993・4・20
115	千里眼	桂米輔	1993・9・20
116	鍋	桂九雀	1993・11・16
117	銀婚式	林家染吉※5	1993・11・25
118	銀婚式	林家小染	1993・11・25
119	犬	桂枝雀	1993・12・16
120	土俵にかける青春	桂雀三郎	1994・1・22
121	冥途の飛脚	笑福亭松葉※7	1994・6・7
122	怪談猫魔寺	林家染語楼	1994・5・23
123	大前田留五郎の野望	桂雀松※2	1994・5・31
124	煙が目にしみる	②桂歌之助	1994・7・12
125	ふじの里	林家染語楼	1994・9・8
126	丸知目出屋	②桂歌之助	1994・9・16
127	ハカバの女	桂九雀	1994・9・20
128	ぬか喜び	桂都丸※4	1994・11・16
129	猪の酒	桂枝雀	1994・12・22
130	影凡人	桂喜丸	1995・1・24
131	おもいでや	桂枝雀	1995・1・29
132	忘れな草	桂米二	1995・3・23

133	みちのくふたり旅	桂雀々	1995・5・16
134	嫁おどし	桂都丸※4	1995
135	紀伊国屋	桂吉朝	1995・6・26
136	親子芝居(『身替り團七』に改題)	桂吉朝	1995・7・25
137	がたろの幇間	桂米左	1995・9・12
138	座長の涙	桂団朝	1995・11・20
139	屁話物語	桂春若	1996・1・16
140	誰ケ袖の親分	林家染語楼	1996・3・7
141	辞めるのはあなたです	桂文太	1996・5・23
142	琵琶仙人	桂九雀	1996・9・10
143	六位の犬	笑福亭松枝	1996・9・19
144	封印切	林家染吉※5	1996・10・4
145	行き倒れ名人	②桂歌之助	1996・11・13
146	ばく	桂枝雀	1996・12・13
147	帰って来た幇間	桂雀松※2	1997・1・17
148	らすとそんぐ	桂九雀	1997・3・26
149	狐坂	桂小米	1997・5・24
150	維新茶屋	桂米輔	1997・7・8
151	流れの銀次	桂団朝	1997・9・18
152	神だのみ風雲篇	桂雀三郎	1997・10・7
153	そもそも	②桂歌之助	1997・11・10
154	鶴亀捕物帳	桂都丸※4	1998・3・17
155	あさぼらけ	桂喜丸	1998・5・13
156	ハモニカ伝来	桂九雀	1998・5・19
157	人情質屋	桂米平	1998・7・7
158	G&G	桂雀三郎	1998・7・28
159	京橋第三小学校	桂雀三郎	1998・8・21
160	放し亀	笑福亭鶴瓶	1998・8・30
161	鬼籍の人	桂九雀	1998・9・29
162	銀座わが街	桂出丸	1998・9・29
163	幻影心中	林家染二	1998・10・9
164	おいらく茶屋	桂米輔	1998・11・19
165	こてんらくご	桂雀三郎	1999・2・24
166	稽古屋花見	桂む雀	1999・3・17
167	竹林診療日記	林家小染	1999・5・18
168	お宝屋敷	桂米左	1999・7・14
169	法然落語	桂都丸※4	1999・9・15
170	月に群雲	笑福亭三喬※8	1999・9・21
171	稲荷町	林家染丸	1999・10・29
172	雀の子	②桂歌之助	1999・11・17
173	ラストコンサート	桂雀三郎	1999・12・23
174	浪の人	桂雀三郎	2000・2・16
175	無礼な御礼	桂九雀	2000・5・15
176	嘆きのヴィヨロン	桂九雀	2000・5・20
177	ハイウエー歌合戦	桂勢朝	2000・7・14
178	知らぬが仏	桂宗助	2000・9・19

179	ちりちり	林家染語楼	2000・11・15
180	鶴亀捕物帳・松の湯の謎	桂都丸※4	2001・3・18
181	異邦人	②桂歌之助	2001・7・10
182	開口一番	桂九雀	2001・11・24
183	雪の渡り鳥	桂む雀	2001・12・1
184	とり	桂九雀	2002・2・16
185	マンドリーム	桂九雀	2002・6・15
186	さわやか侍	桂小春團治	2002・10・5
187	熱血学園	桂勢朝	2002・10・23
188	ぼくらは名コンビ	月亭八天※9	2002・11・5
189	さくら	桂小春團治	2003・2・15
190	恋そうめん	桂吉朝	2003・4・11
191	めーるの飛脚	桂九雀	2003・5・17
192	見舞い酒	⑥笑福亭松喬	2003・5・17
193	怪談みどろが沼	桂都丸※4	2003・8・23
194	五十年目のお迎え	桂米二	2003・9・18
195	森の物語	笑福亭三喬※8	2003・12・10
196	新選組？　壬生菜と鴨	桂春若	2004・3・24
197	昇り龍の松	笑福亭呂鶴	2004・5・19
198	食通夜	桂つく枝※10	2004・9・7
199	太兵衛餅	桂九雀	2004・9・9
200	おちかいうちに	笑福亭銀瓶	2005・3・30
201	交通安全落語	笑福亭瓶太	2005
202	おとっつあんは魔法使い	林家花丸	2005・7・20
203	長屋浪士	桂梅團治	2005・11・30
204	組解散につき	桂都丸※4	2006・5・18
205	二百十日物語	桂米二	2006・9・13
206	土産物競争曲	桂枝光	2006・10・3
207	心中幸の網島（『心中縁網島』に改題）	桂春雨	2007・3・12
208	牧童酒	桂坊枝	2007・7・17
209	きつねつまみ	桂つく枝※10	2008・3・9
210	源氏のような恋をして	桂九雀	2008・7・24
211	本音玉	林家うさぎ	2008・11・18
212	天のぼり	桂つく枝※10	2009・3・29
213	福さずけ	桂文華	2009・5・18
214	替え玉和尚	露の団六	2009・9・29
215	弓流し	桂九雀	2009・10・17
216	火事場盗人	桂米二	2010・3・3
217	丑三蔵	林家花丸	2010・7・12
218	めおと幽霊	桂吉弥	2011・3・7
219	婚活商売	③桂歌之助	2011・7・14
220	さわやか刑事	桂小春團治	2011・9・17
221	輪違屋にて	桂春蝶	2011・10・3
222	ぺらぺら	桂紅雀	2011・11・17
223	うぬぼれ屋	林家花丸	2012・2・18
224	遅れて来た盗人	桂雀松※2	2012・5・14

225	三太物語	桂雀三郎	2012・9・4
226	ぐっどじょぶ	桂文三	2013・3・11
227	やるまいぞ	桂塩鯛	2013・7・30
228	新出意本忠臣蔵	桂九雀	2013・10・14
229	ふみきり物語	桂しん吉	2014・3・26
230	どんたく夜話	桂そうば	2014・7・8
231	ふぜいや	古今亭志ん輔	2014・9・28
232	ツメ人情	桂吉坊	2014・12・2
233	セイントリュート	桂九雀	2015・1・31
234	かけおち茶屋	桂米二	2015・5・27
235	ウェーブソング	桂九雀	2015・9・21
236	二十両の行方	桂団朝	2015・10・19
237	亀の甲	柳家三三	2015・11・7
238	質草船唄	桂阿か枝	2016・3・22
239	リュートの夢	桂九雀	2016・4・10
240	縁の絲	桂かい枝	2016・7・12
241	怪談寝床	林家たい平	2016・8・7
242	ちどり	古今亭文菊	2016・11・15
243	ややこしい話	桂雀三郎	2016・12・20
244	木蓮寺の大黒	桂春若	2017・5・16
245	屁臭最中	桂かい枝	2017・5・19
246	怪談ほたへちゃ	桂かい枝	2017・8・12
247	唄え一休！	桂吉弥	2017・9・27
248	誰ケ袖の親分Ⅱ	桂かい枝	2018・3・18
249	あらし茶屋	桂佐ん吉	2018・3・20
250	七福神富貴蔵入	桂かい枝	2018・7・12
251	たけとんぼ	桂枝女太	2018・7・20
252	天の岩戸	桂九雀	2018・9・15
253	青菜	林家たい平	2018・11・25
254	なづけお屋	桂梅團治	2019・3・28
255	父子地車	林家花丸	2019・7・25
256	ポペンムスメ	桂かい枝	2019・8・20
257	八百比丘尼	露の団姫	2019・10・14
258	電車掌	桂かい枝	2020・1・16
259	特命課長	桂坊枝	2020・1・29
260	糸	桂福丸	2020・3・18
261	糸	桂あおば	2020・3・18
262	ステイホーム	桂米二	2020・7・16
263	家内芝居	桂かい枝	2020・8・18

注　※1　現・桂南光　※2　現・桂文之助　※3　現・桂ざこば　※4　現・桂塩鯛　※5　現・林家染二　※6　現・桂文我　※7　後の七代目笑福亭松鶴　※8　現・七代目笑福亭松喬　※9　現・月亭文都　※10　現・桂文三
演者名につけた②は二代目を、③は三代目を表わす。
なお、東京落語からの輸入、古い噺の復活などは、この年表から省いてあることをお断りしておく。

[講談]

	タイトル	演者	初演日
1	先生とよばれた男	旭堂南左衛門	2003・5・8
2	名奉行鍋島新吾	旭堂南海	2003・11・15

[浪曲]

	タイトル	演者	初演日
1	ライト兄弟	五川奈々福	2020・8・1

[狂言]

	タイトル	初演日
1	さくらんぼ	1997・1・15
2	ばく	2001・6・8
3	空桶	2001・11・15
4	お道具	2001・11・27
5	がたろう	2003・10・18
6	宗論～クリスチャンvsブディスト篇	2004・2・24
7	百夜月	2004・9・29
8	三人願い	2006・3・16
9	平林	2014・12・6

[落言]

	タイトル	初演日
1	神棚	2002・9・26
2	太郎冠者伝説	2003・7・31
3	宇宙裁き	2004・8・10
4	ごきかぶり	2005・8・10
5	ぽちたま	2007・9・27
7	ひよりみ	2009・11・20
8	メールの飛脚	2010・9・10
9	あやかし	2012・10・19
10	神くらべ	2015・12・5
11	鳩の糞	2017・1・22
12	おねがい	2018・1・28

[落楽]

	タイトル	初演日
1	咲耶木之花	2011・11・28
2	文楽人形裏表噺	2014・1・28
3	文楽人形内緒噺	2014・10・20

［演劇］

	タイトル	初演月	劇場
1	G線上のアリア	1992・5	扇町ミュージアムスクエア
2	おのぶの嫁入り	1995・10	南座
3	おそれいります、シェイクスピアさん。	2001・5	MIDシアター
4	文楽・喜八郎快商物語	2003・5	東京経済大学
5	忠臣蔵外伝	2005・12	ワッハホール
6	文楽・かみなり太鼓	2014・7	国立文楽劇場
7	桂米朝追善芝居・地獄八景亡者戯	2016・2	松竹座
8	歌舞伎・廓噺山名屋浦里	2016・8	歌舞伎座
9	歌舞伎・心中月夜星野屋	2018・8	歌舞伎座

演目索引

※細字はタイトルのみ登場

あ行

か行

さ行

た行

な行

は行

ま行

や行

ら行

わ行

ちくま新書
1533

新作《しんさく》らくごの舞台裏《ぶたいうら》

二〇二〇年一一月一〇日　第一刷発行

著者　小佐田定雄（おさだ・さだお）
発行者　喜入冬子
発行所　株式会社筑摩書房
東京都台東区蔵前二-五-三　郵便番号一一一-八七五五
電話番号〇三-五六八七-二六〇一（代表）
装幀者　間村俊一
印刷・製本　株式会社精興社

ISBN978-4-480-07338-9 C0276

ちくま新書

377 人はなぜ「美しい」がわかるのか　橋本治

「美しい」とはどういう心の働きなのか？「合理性」や「カッコよさ」とはどう違うのか？　日本の古典や美術に造詣の深い、活字の鉄人による「美」をめぐる人生論。

578 「かわいい」論　四方田犬彦

キティちゃん、ポケモン、セーラームーン——。日本製のキャラクター商品はなぜ世界中で愛されるのか？「かわいい」の構造を美学的に分析する初めての試み。

953 生きるための論語　安冨歩

『論語』には、人を「学習」の回路へと導き入れる叡智がある。その思想を丁寧に読み解き、ガンジー、サイバネティクス、ドラッカーなどと共鳴する姿を描き出す。

1079 入門　老荘思想　湯浅邦弘

俗世の常識や価値観から我々を解き放とうとする「老子」と「荘子」の思想。新発見の資料を踏まえてその教えをじっくり読み、謎に包まれた思想をいま解き明かす。

1099 日本思想全史　清水正之

外来の宗教や哲学を受け入れ続けてきた日本人。その根底に流れる思想とは何か。古代から現代まで、この国のものの考え方のすべてがわかる、初めての本格的通史。

415 お姫様とジェンダー——アニメで学ぶ男と女のジェンダー学入門　若桑みどり

白雪姫、シンデレラ、眠り姫などの昔話にはどのような意味が隠されているか。世界中で人気のディズニーのアニメを使って考えるジェンダー学入門の実験的講義。

532 靖国問題　高橋哲哉

戦後六十年を経て、なお問題でありつづける「靖国」を、具体的な歴史の場から見直し、それが「国家」の装置としていかなる役割を担ってきたのかを明らかにする。

994
やりなおし高校世界史
——考えるための入試問題8問
津野田興一
世界史は暗記科目なんかじゃない！ 大学入試を手掛かりに、自分の頭で歴史を読み解けば、現在とのつながりが見えてくる。高校時代、世界史が苦手だった人、必読。

1287-1
人類5000年史Ⅰ
——紀元前の世界
出口治明
人類五〇〇〇年の歩みを通読する、新シリーズの第一巻、ついに刊行！ 文字の誕生から知の爆発の時代まで紀元前三〇〇〇年の歴史をダイナミックに見通す。

1287-2
人類5000年史Ⅱ
——紀元元年～1000年
出口治明
人類史を一気に見通すシリーズの第二巻。漢とローマ二大帝国の衰退、世界三大宗教の誕生、陸と海のシルクロード時代の幕開け等、激動の1000年が展開される。

1287-3
人類5000年史Ⅲ
——1001年～1500年
出口治明
十字軍の遠征、宋とモンゴル帝国の繁栄など人や物の交流が盛んになるが、気候不順、ペスト流行にも見舞われる。ルネサンスも勃興し、人類は激動の時代を迎える。

1126
骨が語る日本人の歴史
片山一道
縄文人は南方起源ではなく、じつは「弥生人顔」も存在しなかった。骨考古学の最新成果に基づき、歴史学の通説を科学的に検証。日本人の真実の姿を明らかにする。

615
現代語訳 般若心経
玄侑宗久
人はどうしたら苦しみから自由になれるのか。言葉や概念といった理知を超え、いのちの全体性を取り戻すための手引を、現代人の実感に寄り添って語る新訳決定版。

1273
誰も知らない熊野の遺産〈カラー新書〉
栂嶺レイ
世界遺産として有名になったが、熊野にはまだ手つかずの風景が残されている。失われつつある日本の、日本人の原型を探しにいこう。カラー写真満載の一冊。

ちくま新書

883 ルポ 若者ホームレス　飯島裕子 ビッグイシュー基金
近年、貧困が若者を襲い、20～30代のホームレスが激増している。彼らはなぜ路上暮らしへ追い込まれたのか。貧困が再生産される社会構造をあぶりだすルポ。

1125 ルポ 母子家庭　小林美希
夫からの度重なるDV、進展しない離婚調停、親子のギリギリの生活……。社会の矛盾が母と子を追い込んでいく。彼女たちの厳しい現実と生きる希望に迫る。

1233 ルポ 児童相談所 ――一時保護所から考える子ども支援　慎泰俊
自ら住み込み、100人以上の関係者に取材し「一時保護所」の現状を浮かび上がらせ、課題解決策を探る。若き社会起業家による、社会的養護の未来への提言。

1496 ルポ 技能実習生　澤田晃宏
どのように日本へやってきたか。なぜ失踪者が出るのか。働く彼らの夢や目標と帰国後の生活とは。国際的な人材獲得合戦を取材して、見えてきた労働市場の真実。

1521 ルポ 入管　平野雄吾
「お前らを日本から追い出すために入管（ここ）があるんだ」。密室で繰り広げられる暴行、監禁、医療放置――。巨大化する国家組織の知られざる実態。

1029 ルポ 虐待 ――大阪二児置き去り死事件　杉山春
なぜ二人の幼児は餓死しなければならなかったのか？現代の奈落に落ちた母子の人生を追い、女性の貧困を問うルポルタージュ。信田さよ子氏、國分功一郎氏推薦。

1434 ルポ 平成ネット犯罪　渋井哲也
出会い系、自殺系、裏サイト、闇サイトを舞台にした売春、ドラッグ、自殺、いじめ……。リアル世界に飛び出したネット事件を歩き、バーチャル空間の功罪を探る。

ちくま新書

399 教えることの復権　大村はま・苅谷剛彦・夏子
詰め込みかゆとり教育か。今再びこの国の教育が揺れている。教室と授業に賭けた一教師の息の長い仕事を通して、もう一度正面から「教えること」を考え直す。

1071 日本の雇用と中高年　濱口桂一郎
激変する雇用環境。労働問題の責任ある唯一の答えは「長く生き、長く働く」しかない。けれど、年齢が足枷になって再就職できない中高年。あるべき制度設計とは。

1075 慰安婦問題　熊谷奈緒子
従軍慰安婦は、なぜいま問題なのか。背景にある戦後補償問題、アジア女性基金などの経緯を解説。特定の立場によらない、バランスのとれた多面的理解を試みる。

1503 元徴用工　和解への道——戦時被害と個人請求権　内田雅敏
日韓関係に影を落とす元徴用工問題。解決済とする日本政府も補償を求める彼らの個人請求権は認めている。戦後75年放置されてきた戦時被害を直視し和解を探る。

541 内部被曝の脅威——原爆から劣化ウラン弾まで　肥田舜太郎・鎌仲ひとみ
劣化ウラン弾の使用により、内部被曝の脅威が世界中に広がっている。広島での被曝体験を持つ医師と気鋭の社会派ジャーナリストが、その脅威の実相に斬り込む。

1355 日本が壊れていく——幼稚な政治、ウソまみれの国　斎藤貴男
「モリ・カケ」問題、官僚の「忖度」、大臣の舌禍事件……。政治の信頼を大きく損ねる事件が、なぜこれほど続くのか？　日本の政治が劣化した真因を考える。

1407 官僚制と公文書——改竄、捏造、忖度の背景　新藤宗幸
眼を覆いたくなるほど凄まじい官僚の劣化。組織構造、意思決定、情報公開法や公文書管理法など、官僚統制のシステムを問いなおし、〝政権主導〟の暴走をえぐる。

879
ヒトの進化　七〇〇万年史
河合信和
画期的な化石の発見が相次ぎ、人類史はいま大幅な書き換えを迫られている。つい一万数千年前まで生きていた謎の小型人類など、最新の発掘成果と学説を解説する。

584
日本の花〈カラー新書〉
柳宗民
日本の花はいささか地味ではあるけれど、しみじみとした美しさを漂わせている。健気で可憐な花々は、知れば知るほど面白い。育成のコツも指南する味わい深い観賞記。

1095
日本の樹木〈カラー新書〉
舘野正樹
暮らしの傍らでしずかに佇み、文化を支えてきた日本の樹木。生物学から生態学までをふまえ、ヒノキ、ブナ、ケヤキなど代表的な26種について楽しく学ぶ。

1263
奇妙で美しい　石の世界〈カラー新書〉
山田英春
瑪瑙を中心とした模様の美しい石のカラー写真とともに、石に魅了された人たちの数奇な人生や、歴史上の逸話、旅先の思い出など、国内外の様々な石の物語を語る。

1269
カリスマ解説員の　楽しい星空入門
永田美絵
八板康麿
矢吹浩
晴れた夜には、夜空を見上げよう！　星座の探し方から、神話や歴史、宇宙についての基礎的な科学知識まで。カリスマ解説員による紙上プラネタリウムの開演です！

1256
まんが　人体の不思議
茨木保
本当にマンガです！　知っているようで知らない私たちの「からだ」の仕組みをわかりやすく解説する。病院での専門用語でとまどっても、これを読めば安心できる。

1500
マンガ　認知症
ニコ・ニコルソン
佐藤眞一
「お金を盗られた」と言うのはなぜ？　突然怒りはじめるのはどうして？　認知症の人の心の中をマンガで解説。読めば心がラクになる、現代人の必読書！

ちくま新書

1030
枝雀らくごの舞台裏
小佐田定雄
爆発的な面白さで人気を博した桂枝雀の、座付作者による決定版ガイド。演出の変遷、ネタにまつわるエピソード、芸談、秘話を、音源映像ガイドとともに書き記す。

1123
米朝らくごの舞台裏
小佐田定雄
上方落語の人間国宝・桂米朝の、演題別決定版ガイド。舞台裏での芸談やエピソード、歴史を彩る芸人たちの秘話を、書籍音源映像ガイドとともに書き記す。

1375
上方らくごの舞台裏
小佐田定雄
今は亡き上方落語四天王（六代目松鶴、米朝、三代目春團治、五代目文枝）を中心に、懐かしい師匠達の舞台裏噺からお囃子さんまで、四十年の思い出を語り尽くす。

1349
いちばんやさしい美術鑑賞
青い日記帳
「わからない」にさようなら！　1年に300以上の展覧会を見るカリスマアートブロガーが目からウロコの美術の楽しみ方を教えます。鑑賞の質が変わる画期的入門書。

1381
大人が愉しむウイスキー入門
輿水精一
殿堂入りブレンダーが贈る、ウイスキーを〝より身近に〟〝極める〟ための必読書！　激変するウイスキーの最新事情から美味しく呑むコツまで、今宵の一杯のお伴に。

1444
阪神タイガース１９８５－２００３
中川右介
１９８５年の日本一から２００３年のリーグ優勝まで、二度の暗黒時代を阪神タイガースはいかに乗り越えてきたか。栄光と挫折の歴史を、事実に基づき再構成する。

1476
長い老後のためのお金の基本
――年金・貯金・投資がわかる
横山光昭
「年金」「貯金」「投資」「保険」「介護」「相続」のそれぞれで、必ず押さえておくべき知識と情報を家計再生で大人気のＦＰが解説。今、自分が何をするべきかがわかる。